Irmgard Harder

Wiehnachtsmann geiht mit de Tiet

Quickborn-Verlag

Die plattdeutsche Schreibweise
ist unverändert von der Autorin übernommen worden.

ISBN 3-87651-227-1

Umschlaggestaltung: Wolfgang Nagl, Hamburg
Gesamtherstellung: Clausen & Bosse GmbH, Leck
*Der Umwelt zuliebe
auf chlorfrei gebleichtem Papier gedruckt*
Printed in Germany

Inhalt

Woso düt Book överhaupt tostannen keem …

Wenn ik wat op 'n Dood nich utstahn kann, dat is dat Telefonbimmeln nameddags Klock twee! En Minsch, de weet wat sik hööt, deiht dat jo ok nich. Eenzigst Utnahm is mien ole Tante Jule in Amerika, de mi blots »Schönen goden Morgen« seggen will – un nie recht begriepen kann, dat wi hier al good soß Stünnen wieder sünd.

Also dat bimmelt. »Jo …« segg ik. Nich besünners fründlich. Nameddags Klock twee bün ik muulfuul.

»Höö«, gnarrt dor en Mannsstimm, »nu höör doch eers mal 'n beten to!«

Och de is dat! De Anroop kümmt denn jo vun noch wieder her!! Wat schall dat denn?

»Jo, Wiehnachtsmann – is wat?«

»Du hest doch 'n Fax, nich?« seggt he.

»Na, dat weetst du doch«, segg ik, »Faxen heff ik di doch al faken schickt – un du mi ok!«

»Na ja«, seggt he, »ik wull jo överto blots fragen, wat du ok al in 't Internet büst!«

Also ward de Ool nu lanksam tüdelig? »Jüst du muttst dat doch al lang weten«, segg ik, »de eenzigst, de dat heele Internet so richdig global översehn kann, dat büst du doch, Wiehnachtsmann!«

»Nu överdriev man nich«, seggt he, »allens kann ik in düsse krusen Tieden jo nu ok nich mehr weten. Aver gottloff sitt ik dor jo nich alleen vör, wi sünd hier baben jo noch arig 'n poor mehr … ik wull di jo man blots mien Internet-Adress geben. Aver laat di jo nich infallen, de annerseen wieder to seggen!«

Sowat aver ok! Wiehnachtsmann geiht mit de Tiet! Aver so as ik de richdigen Computerfreaks kenn, de kriegt de Adress doch licht rut! Un dat segg ik em ok, aver dor lacht he; dat schall een man blots mal versöken, de kann sien Computer forts vergeten! Den sien Festplatt ward afrüümt, aver radikal. Dor blifft nix na! Dor sorgt al sien himmlischen Hölpslüüd för. Aver ik kunn em en beten denken helpen, seggt he, wat för Geschenken he denn nu för Wiehnachtenabend tohop packen schall. Un per e-Mail kann een sik doch noch fixer uttuschen as mit 'n Fax.

Tjä, dat stimmt woll – de Ool hett vör Wiehnachten jo över de Maten veel in 'n Kopp to nehmen. Un de Tieden warden nich lichter. Ok nich för den Wiehnachtsmann – wo de mehrsten jo nich mal mehr an em glöben wüllt! Blots wat he egentli vun mi weten will, dor bün ik noch nich klook üm worden. Is doch sien Saak alleen, wat he de Minschen bescheren will. Ok wenn he dor ganze Heerscharen vun Hölpslüüd för hett.

»Wiss doch,« seggt he, »aver du schass di blots mal en beten ümkieken un mi denn af un an mal vertellen, wo Minschen mit ehr Geschenken vun verleden Johr so trecht kamen sünd. De Wünsch hebbt sik jo in de letzten Johren bannig verännert; un männigeen will jo faken nog för Gewalt Saken hebben, de gor nich good för em sünd oder de he sik ganz anners vörstellt hett.«

»Kannst du dor denn wat an ännern, Wiehnachtsmann«, fraag ik, »Lüüd sünd nu mal so. Un de nich an di glöben möögt, för de existierst du doch gor nich!«

Dor lacht he: »Na, wenn blots dat existieren kunn, wo so 'n enkelten Minsch mit sien beten Verstand an glöben kann, denn seech dat mit uns Universum man heel kümmerlich ut! Nee, vertell du mi man, wat du sülm so för Erfahrungen maakt hest; un höör di 'n beten üm bi de Lüüd, kiek hen, wo se sik so hebbt mit all den Heidudelkraam, den se ›Fortschritt‹ nöömt. Wat ik weten will – dor warr ik di al na fragen. Ik schick di denn en E-Mail oder en Fax, oder ik roop di eenfach an!«

»Aver nich nameddags Klock twee!« segg ik. Denn segg ik em aver doch to, Geschenk-Geschichten för em to sammeln. Un ik do dat giern, wo he doch för mi in all de velen Johren so veel Godes dohn hett. Viellicht köönt mien Geschichten em bi't Bescheren jo helpen, tokamen Wiehnachten … so oder so.

Matten maakt nich mit

Düsse Wiehnachtsgeschicht fangt Ostern an. Graadut seggt: Eben na Ostern. Un se is ok teemli lang her. Dormols is dat west, as de Kinner nich in 'n Harvst, nee, as se eben na Ostern to School kemen, un de Lütten hett een »Osterküken« nöömt. De Dörper hebbt dunntomalen noch meist all ehr egen Scholen hatt, grote oder nich so grote, jüst as se de bruken müssen. De Kinner hebbt sik kennt, de Öllern weren good mit 'nanner bekannt, weren Nahvers, Verwandte, Frünnen un de Schoolmeister weer keen Frömden. Jo, se is lang her, de Geschicht.

Söbenteihn »Osterküken« kunn Lehrer Jürgens dütmal begröten. All stünnen se opgereegt mit ehr bunten Tüten vör de Schoolstuuv, plötern, wat de lütten Snuten man hergeben wullen, harrn sik bannig wichdig oder holen sik schüchtern an Mudder ehrn Rock fast. Denn geven se den Lehrer, mit den se hochdüütsch snacken un »Herr Jürgens« to em seggen schullen, schöön manierlich de Hand. Allens so, as se dat to Huus biböögt kregen harrn. »Unkel Jürgens« dörf dat nu nich mehr heten.

»Na, lütt Nahver, wir kennen uns ja schon lange«, harr de Lehrer denn ok fründlich to Matten seggt, wo de doch blots twee Hüüs wieder lanks wahnen deh. Aver as he em de Hand geben wull, dreih de Lütt sik knasch üm un stött blots »Nää!« rut. Sien Mudder weer dat schaneerlich: »Wat is denn mit di los, Bengel? Wat giffst du denn Herrn Jürgens nich de Hand? Los doch!« Aver nee, dor weer nix to maken, un de Lehrer sä mit en lütt Smustern, dat weer jo noch allens so nie för Matten, he wörr sik woll noch besinnen. »Nich Matten?« sett he noch to. Aver de Lütt kneep de Lippen tosomen un sä nix.

Un denn harrn se sik all op de Schoolbänk trechtwöltert un keken nu to, wo fein de Lehrer en Osterhasen mit luder bunte Eier an de Tafel malen kunn! Denn wull he weten, wat se denn to Ostern woll ok so bunte Eier kregen harrn. Dat schullen se em doch mal vertellen, aver nich all op 'n mal, nee, jümmers fein een na 'n annern! Blots Matten seet dor, harr sien Rüch fast gegen de Löhn vun de Bank stemmt, un as he fraagt wörr, wat he denn nich ok bunte Eier kregen harr, keek he so 'n beten schuulsch vun nerrn na baben un sä: »Nääå!« Mehr weer nich ut em ruttokriegen. Endli bimmel dat, de School weer ut, all strevten se na de Döör, un sößteihn lütte Snutenwarken plötern: »Auf Wiedersehen, Herr Jürgens! Tschüß, Herr Jürgens! Morgen kumm ik wedder, Herr Jürgens!« Un Matten? De drück sik an den Pulk vörbi un suus, all wat he man kunn, na Huus.

Se schullen man mal versöken Ostereier op ehr Tafel to malen, harr de Schoolmeister seggt, annern Dag wull he sik dat denn ankieken. Iewrig weren se dor to Huus all bi west, ok wenn dat noch nich so recht glücken wull. Blots Matten, de harr sien Tafel noch nich mal ut den Ranzel kregen! Eendont wat Lehrer Jürgens em fragen deh, wat anners as »nääa« kreeg he vun Matten nich to hören. Dor änner sik ok in de nächste Tiet nix an. Un liekers weer düdli to marken, de Jung verstünn ganz good, wat he schull. Sien plietschen Ogen güngen so fix hen un her, de lüttje Nees mit all de Sünnensprütten trock he so 'n ganz beten kruus, un meist kunn een glöben, he seet mit strüvte Haar in de Schoolbank as en lütten argerlichen Kater, de sik vun nümms anfaten laten much.

So güng dat Vörjohr hen, de Summer, de Harvst. De Schoolmeister kunn opstellen wat he wull, Matten bleev bi sien »nääa«. He keem twors alle Daag pünktlich op 'n Klockenslag, seet sien Tiet af un leep gau as 'n Wissel na Huus. Aver mitmaken oder gor Schoolarbeiten maken? »Nääa!« So en Dickkopp. De Öllern weren reinweg vertwiefelt. Matten weer doch sünst en goden Jung, säen se, aver an de Schoolarbeiten weer he ok mit Gewalt nich to kriegen. Lehrer Jürgens müss de Lüüd begöschen. Mit Gewalt weer dor nix to maken, sä he, mal wörr sik dat woll geben. Jo, blots wannehr? Wo kunn een den Jungen ut sien Biesternis ruthelpen?

Un nu schull dat Wiehnachten warden. Knapp weer dat erste Licht an den Adventskranz anstesteken, vertell de Schoolmeister: »Stellt euch mal vor, Kinder, da hat doch heute nacht jemand ganz laut an mein Fenster geklopft! Na, da hab' ich mich vielleicht erschrocken! Das hättet ihr bestimmt auch getan!« Oh, dor güngen de lütten Snutenwarken aver los! Welk vun de Deerns weren ganz hiddelig, un de Jungs prahlten, wenn dat en Röver west weer, den harrn se aver wegjaagt, mit 'n Hund, jo, un so een schull sik hier jo nich wedder sehn laten!

Aver dat weer jo nu ganz anners west: En depe Stimm harr fraagt, wo de Kinner in de School sik denn schicken dehn un wat se ok ehr Schoolarbeiten jümmers maakt harrn. Na ja, harr Lehrer Jürgens denn seggt, dat güng jo sowiet allens ganz fein un Schoolarbeiten, de wörrn ok maakt, jo, jo. Aver denn, denn harr de ruge Stimm noch mal nafraagt, wat se denn würkli *all* Schoolarbeiten maken dehn. »Tja«, keem de Schoolmeister dor 'n beten tögerig mit rut, »was sollte ich da sagen? Unser Matten, der macht ja nie welche. Und bei der Wahrheit mußte ich ja bleiben. Das war nämlich der Weihnachtsmann!«

De Wiehnachtsmann! All möken se grote Ogen – de weer in de Nacht bi den Lehrer an't Finster west! Dat nümms in't Dörp em bemött weer! Un denn, vertell de Lehrer wieder, harr de Wiehnachtsmann ut sien groten Sack ganz veel Nööt ruthaalt, dor schullen all Kinner welk vun hebben. Blots Matten, de nich. De harr jo nümmer Schoolarbeiten maakt. De lütt Jung keek, sien Ogen wörrn ganz düster, aver wenen deh he nich. Denn güng de Ünnerricht wieder as jümmers.

Annern Morgen, as se all ehr Tafel rutkriegen schullen, dor keem ok Matten mit sien Tafel vördag. Den Kopp dalböögt, schööv he den Schoolmeister, as de so lanks de Regen güng, de Tafel ganz sachen en lütt beten in 'ne Mööt. De harr em jo an 'n levsten över den blonnen Wuschelkopp strakelt. Aver nu leet he dat beter blieben un deh, as verstünn sik Matten sien Wark vun ganz alleen. Annern Dag keem Matten wedder mit sien Tafel, un ok den drüdden Dag harr he Bookstaben un Tallen henkrakelt, dat 't man so 'n Oort harr. Un de Lehrer seech dat woll, wo dull de Lütt sik aftiert harr.

Un denn vertell de Schoolmeister, he harr wedder Besöök vun 'n Wiehnachtsmann kregen. Un forts harr de weten wullt, wo dat denn nu mit de Schoolarbeiten stünn, un na Matten, na den harr he noch extra fraagt. »Tja«, sä Lehrer Jürgens mit so 'n ganz lütt Smustern, »mit Matten geht's immer besser, doch ja, und wenn er dabei bleibt, dann kann er bald so gut lesen und schreiben wie die andern auch.« Denn harr de Wiehnachtsmann ok noch Pepernööt för de Kinner dorlaten, för jedeneen veer Stück. Un Matten? Na, denn schull de dütmal ok een kriegen, harr de Wiehnachtsmann seggt, un he wull doch mal sehn, wat he dat so fein wieder maken deh. De Jung harr sien Pepernutt stillswiegens in de Büxentasch steken. Aver he keem warrafti ok annern Dag mit sien Schoolarbeiten an, un de Schoolmeister lööv em un verbeter em ok, jüst as he dat bi de annern Kinner deh.

So eben vör Wiehnachten weer de Wiehnachtsmann denn noch mal bi den Lehrer sien Huus to nachtslapen Tiet ankamen. Wull blots weten, wat ok allens in 'ne Reeg weer. Kloor, weer allens in de Reeg, de Wiehnachtsmann schull se man all besöken, Wiehnachtenabend. Un Matten ok? Wiss doch, harr de Lehrer seggt, de keem nu good togangen, un de Wiehnachtsmann schull em man nu al ok en Handvull Pepernööt spenderen. Dat harr he denn jo ok dohn. Denn kregen se all ehr Pepernööt todeelt, aver as de Schoolmeister an Matten sien Platz keem, kunn he sik dat doch nich verkniepen, den Jungen mal kott övern Kopp to strakeln.

Laat an 'n Abend seet de Schoolmeister jümmers noch bi de Lamp to lesen. In 'n Kachelaben knack dat Holt, en rusigen Wind tarr an de Finsterruten, huul in 'n Schosteen, örgel un stöhn.

»Tofreden, Schoolmeister? Büst nu tofreden?«

De harr al lang över den Rand vun sien Book weggkeken, seet ganz still, röög sik nich.

»Wat wullt du, Wiehnachtsmann?« Nich mal de Lippen beweeg he.

»Du maakst Saken, Schoolmeister! Wat hest du di dor egentlich bi dacht?«

»Wat schull ik maken? Ik wüss nich mehr wieder. Un hett't nich op 'tletzt doch holpen?«

»Holpen!! Wenn du mit dien Latien to Enn' büst, denn mutt de Wiehnachtsmann herholen. Du maakst di dat bannig eenfach!«

De Schoolmeister süfz.

»So ganz eenfach woll nich. Is mi suer noog fullen. Dat harr scheef gahn kunnt. Ganz un gor scheef!«

»Un woso büst du so seker, dat 't nich scheef gahn is, Schoolmeister?«

»Bün ik jo gor nich, Wiehnachtsmann. Dat is dat jo jüst: Nu nich mehr!«

Lang seet de Schoolmeister so. Dat Füer weer dalbrennt. Aver de Wind geev un geev keen Roh.

Familienstück in dree Akten …

Dannenboom? Gah mi blots af – jedes Johr datsülwige Theoter! Dannenboom bringt blots Striet. Wies mi mal de Familie, de sik dor noch nie üm streden hett! Oder tominnst an 'n Krach man eben vörbi schrammt is. Na ja, so gegen Wiehnachtenabend gifft sik dat denn jo tomeist wedder – aver Nerven, Nerven hett dat köst … Un anner Johr hett 'n dat denn allens vergeten – de Minsch lehrt jo bekanntli ut verleden Tieden nix.

Bi 't Utsöken geiht dat jo al los: »Wat meenst du to den hier?« »Och nee, wo kümmst denn dorto? Kiek mal den doch achtern de … is doch smuck!« »De is doch veel to breed, de paßt doch gor nich in de Stuveneck!« »Na, hier, de paßt beter!« »Nee! Veel to buschig! Kannst jo gor nix rinhangen! Un wo wullt du dor Lichten rinsetten?« Un so wieder – mal is he to groot, mal süht he na nix ut, mal is he to düer – un wo jedereen för Gewalt den schönsten un den paßlichsten Boom hebben will, mutt een sik wunnern, wenn Lüüd nahsten denn doch mit 'n Boom na Huus kaamt. Blots dat is eers de erste Akt.

De twete Akt kümmt denn mit Kugeln un Lametta. »Lametta? Gah mi blots af! Dat hett 'n doch hüüttodaags nich mehr!« »Wo sünd blots de sülvern Kugeln afbleben?«

»Also nu stell doch eersmal den Boom op 'n Foot!« »Verdori, wat sitten de Schruben fast!« »Du harrst se jo man verleden Johr ölen kunnt« »Nu faat mal den Boom an – richdig fastholen!« »He is scheef ...« »Och wat du jümmer hest!« »He steiht scheef, segg ik, wenn he ümfallt, is dat dien Schuld!« »Kloor, jümmers ik ... ik kunn em jo anbinnen, kiek, hier an den Billerhaken. Dat Bild kannst jo so lang wegnehmen. Achter den Boom süht 'n dat jo doch nich.« »Och nee, wo schall ik dor denn nu mit afblieben? Hett Tante Olga uns doch eers verleden Wiehnachten schenkt – un wenn dat dor nu nich an sienen Platz hangt, du weetst doch wo de sik jümmers anstellt mit ehr Geschenken – aver nu segg blots mal, wo is egentli de Boomspitz afbleben?« Tjä, de is denn jo woll verleden Johr in de Grütt gahn, un de schönen Steerns ut Goldpapier sünd ok al 'n beten verknittert, och, un de elektrische Lichterkeed, dor fehlt twee Lichten ... aver op 't letzt steiht he dor, de Boom, – un is doch wunnerschöön! Alle Johr wedder.

Un mit düssen tweten Akt kunn dat Familienstück »Wiehnachtsboom« jo egentli op dat friedliche Enn tostüern: Lichterglanz, Wiehnachtsleder singen, Gedichten opseggen, Bescherung, Goosbraden – un wat in de enkelten Familien nu mal so begäng is. Un ok dat mutt alle Johr wedder so as verleden Johr sien. »The same procedure as every year …« as dat so schön in dat Sylvesterstück heet, wat een jo ok alle Johr wedder in't Fernsehn ankieken kann. Sowat nöömt een ›Traditschoon‹ – un Överraschungen dörf dat blots bi de Geschenken geben.

Blots de drüdde Akt, de kann denn doch Överraschungen bringen, mit de een nich rekent hett. Passeren kann natürlich jümmers mal wat, kann ok mal wat scheef gahn – mutt jo nich glieks so'n ganz grotes Mallöör as en Dannenboombrand sien – nee, dor harrn se an 'n mehrsten Bang för hatt, de beiden, de to'n ersten Mal wedder ganz alleen Wiehnachtenabend fiern schullen. Harrn se lang nich kunnt in all de Johren, wo Öllern un Swiegeröllern un de Kinner se düchdig in'ne Gangen holen harrn. Weren schöne Tieden west, un jünger weren se west, harrn noch mehr Kräft hatt un betere Nerven. Denn aver weren de Olen so na un na vun düsse Welt gahn, de Kinner harrn 'n egen Familie – un nu weren se sülm de Olen, ok wenn se sik dat betto noch nich so recht ingestahn muchen. Un egentli müssen se dat eersmal lehren, wenn se so as Ole nu bi de Kinner to Gast sien schullen, an'n tweten Fierdag. Aver Wiehnachtenabend, nee, dor wullen se denn doch lever to Huus blieben – to

Huus, as se dat in all de velen Johren so wennt west weren.

Un dorüm schull ok allens sien Richtigkeit hebben: Lütten Disch för de Geschenken, de grote Disch fein deckt mit dat gode Porzellan un de blänkern Wiengläös, in de Kööк stünn al dat Eten praat un de schöne Wien, un de Boom, jo, weer en staatschen Boom, as alle Johr; se harrn em tosomen utsöcht un kunnen sik dor al nich recht över eenig warden. Blots ok dat weer alle Johr datsülwige west. He wull en groten as jümmers, se lever en beten wat lüttern, wo se jo doch nu alleen weren. Denn harr he em op den Dannenboomfoot sett, de in en groten Putt mit Water fastklemmt weer. So kunn de schöne Boom nich utdrögen un allto gau sien Nadeln verleren. Un denn wörr de Boom mit sien Waterputt op en lütten Hocker stellt, över den de schöne ole Wiehnachtsdeek utbreedt wörr. »Süht doch fein ut«, sä he tofreden. »Hest em ok richtig fastmaakt?« fraag se. »Och, wat du jümmers hest! Natürlich heff ik dat!« Aver so harr se alle Johr fraagt, wenn he mit dat Boomputzen fardig weer. Sogor dat höör dor mit to – dor harr glatt wat fehlt, wenn se nich fraagt harr …

Meist kemen se sik nu doch en beten lachhaftig vör, as se, jüst so as in all de verleden Johren, dat »Festprogramm« aflopen laten wullen. He, heel fierlich in sien düsterblauen Antog, stickt de Lichten an, bimmelt mit de lütt Missing-Klock, un se kümmt, in ehrn langen swatten Rock mit de witte Siedenblus', hett eben de Schört afrieten kunnt, wieldat se jo noch in de Köök mit dat Fest-Eten in to dohn hett; se singt natürlich nich de olen Wiehnachtsleder, nee, also dat kunn denn woll doch allto schraag ut ehr Kehl kamen, aver festliche Musik, jo, de kümmt vun en CD – un de Wiehnachtsgeschicht', Lukas, dat twete Kapitel, hööert dor ok to – nee, dat schall allens so aflopen, as dat in all de Johren aflopen is. Blots dat se nu alleen sünd, alleen to tweet. Meist so as ganz fröher, as se anfüngen ...

Jo, un dat hett nu bimmelt, de Musik klingt, dat Kerzenlicht fluckert un spegelt sik in de Glöös op den deckten Disch un dor staht se nu – half verlegen, egentli jo gediegen, dat Ganze, wo se nu alleen sünd ... un dor – miteens – de Dannenboom, de ward jo so scheef ... un denn sackt he, ganz lanksam, sackt na vörn – un denn ruuscht dat un klirrt dat un gnistert dat un Water platscht ... un denn is dat op'n Slag düster worrn. Blots de Lichten op den deckten Disch flackert opgereegt un vun den CD-Speler klüngt dat luud un kloor: »Halleluja ...!«

Jümmers wenn se laterhen ehr Frünnen vun düsse Katastrophe an ehrn eersten Wiehnachtenabend alleen to tweet vertellen dehn, denn hebbt de Tranen lacht. Un viellicht hebbt se dat nich mal anners wullt, de beiden, de düssen Abend jüst so fiern wullen as se dat nu mal wennt weren. Un de weer nu so op Schiet utlopen. Op Kneen sünd se in ehr festliche Kledaasch op den Teppich rümrutscht mit Feudel un Döker dat Water optonehmen; den Boom, jo, denn harr he wedder opricht't – aver de mehrsten Kugeln weren twei un legen nu as lüerlütte blänkern Spleeten över den helen Teppich verdeelt, Telgen weren afbroken, Lichthöller verbagen, trurig seech he ut, de Boom, un gor nich mehr fierlich.

Ok wenn se laterhen de ganze Saak mehr as lachhaftige Geschicht vertellt hebbt – aver dat hebbt se nich vertellt: As se endli de allernödigste Ordnung wedder trecht kregen harrn un mit en liesen Stöhnen un ganz ut de Puust wedder op de Been kemen, dor keken se sik an un nehmen sik stillswiegens ganz fast un ganz lang in de Arms. Un denn is dat doch noch en schönen Wiehnachtenabend worden – de eerste vun en ganz niegen Lebensafsnitt.

Ganz grote Geschenken …

So richdig grote Geschenken, Geschenken de örnlich wat hermaakt, de hebbt natürli ehrn Pries. Blots dor mutt de Minsch eersmal op kamen. De Pries alleen maakt dat jo ok nich. Dor harrn Korl Suerbeer un Heine Matzen, ole Frünnen al siet ehr Schooltiet, egentli keen Probleme mit. Wiehnachtsmann spelen un en poor Överraschungen in petto hebben, jo, dor harrn se al jümmers ehrn Spaaß an hatt. Jeder op sien Oort. Aver dat müss allens sien Maat hebben un överto leet dat, as wörr mit de Johren ehr Phantasie för Överraschungen jümmers ringer worrn.

Nu weren se mit ehr Fruens, as alle Johr üm düsse Tiet, op ehr vörwiehnachtliche Autotour. Dat güng jümmers ümschichtig, een Johr weer Korl, dat anner Johr Heine mit sien Auto an de Reeg, un de fohren müss, de dörf ok seggen, wo ’t dütmal hengahn schull. Överall geef dat jo in de Stadt un op ’t Land grote un lütte Wiehnachtsmärkte, un dor wullen se op los. Weren jo egentli de beiden Fruenslüüd, de alle Johr wedder meenten, se kunnen dor buten en poor apartige Geschenken finnen. Beter as in de groten Geschäften in de Stadt. Vun Johr to Johr weer dat sworer, würkli wat Besünners to kriegen, wat ’n denn ok betahlen kunn. Aver egentli föhren se blots wegen de schöne Stimmung op so’n Wiehnachtsmarkt, an ’n leevsten na buten, in een vun de Dörper, wo dat ok frische Dannenbööm geef un wo in mächtige Schünen de Lüüd ut de Gegend dor ehr Dischen opbuugt harrn mit allens, wat se so antobeden harrn: Sülm bastelten Wiehnachtssmuck un schaapswullen Strümp, Sülverlepel un bunte Sammeltassen ut Urgrootmoders Tieden, Speeltüüch un wevte Dischdeeken, Siedendöker un Kornkissen, Vasen un Wandtöller, Steerns ut Goldpapier, grote un lütte Wiehnachtsengel, bunte Korten, Kerzen un Poppen, Flederbeersaft, Honnig un Marmelaad, Wuss un Schinken ut egen Produktschoon, in een Eck kunn een bi Punsch un Smoltbrööd sitten gahn, över allens sweef de Ruch vun Dannengrööon un dortwüschen klüng de Musik vun en Nudeldreiher.

De Mannslüüd harrn sik bald in de Eck bi de Punschen trüchtrocken, wieldess de beiden Fruenslüüd sik in dat Gedränge vun Stand to Stand schuven leten un Möh harrn, sik jo nich ut de Ogen to verleren. »Kiek mal hier! – Wat meenst du dorto? – Dat weer doch wat för Karin! – Un ik heff noch gor nix för Olga, fallt mi ok nix to in … oh kiek hier, de lütt Geetkann, Minschenskind, so een fehlt mi jüst! – Och dor! Wo sööt – de lütten Steerns ganz ut Parlen!« Na ja, so harrn se op'tletzt all de Stände dörch un keemen denn mit Tüten un'n poor Mark weniger in 't Puttmonnee bi ehr Mannslüüd wedder an.

»Na, hebbt Ji düchdig Geld utkleiht?« »Och, geiht so … blots so richdig wat Besünners weer dor nich – egentli jümmers datsülwige. Aver schöön weer 't doch …« »Tjä, denn köönt wi jo wieder fohren …« Un noch in 't Auto harrn se dat Thema »Schenken« bi 'n Wickel un woveel överleidigen Kraam dor tosomenköfft warrn deh, un nahsten leeg dat blots rüm. »Typisch männlich!« meenten de beiden Fruenslüüd, ok an »överleidigen« Kraam kunn een doch Freid hebben – un annerseen dor ok Freid mit maken. Aver Geschenken de blots nützlich sünd un anners nix, och, de weren jo egentli nich so wat Besünners.

Heine Matzen böög na de Autobahn af un na en poor Kilometer kregen se en wunnerschöne Brüch op Sicht, de swüng sik in'n hogen Bogen över de Fohrbahn röver. »Oha«, reep Korl Suerbeer, »de heff ik jo noch gor nich sehn! Ik fohr hier jo ok nich so oft – is de nie?« »Na ja«, sä Heine un nehm en lütt beten dat Gas weg, föhr wat lanksamer, dat se man ok all de schöne Brüch bewunnern kunnen, »de heff ik mien Marlies verleden Johr to Wiehnachten schenkt!«

»Wat!? Du spinnst jo …« lach Korl Suerbeer.

»Doch«, smustergrien Marlies un geef sik Möh ganz eernsthaft to blieben, »dat is würkli mien Brüch! Dor freih ik mi jümmers wedder över, wenn wi hier lanks kaamt.«

Also dat weer jo nu Narrenkraam – dor kunn blots Heine op kamen! Un Marlies speel ok noch mit! »Du muttst jo bannig veel Geld hebben«, schüddköpp Korl un müss jümmers noch lachen, »wenn du dien Fru so ’ne düern Geschenken maken kannst!«

»Tjä, heff ik eben«, Heine sä dat so, as harr he Geld gor nich op de Tell, man üm sien Ogen harr he luder lustige Folden, »wat meenst, wat ik för Stüern betahlen mutt!« »Jo, aver doch nich för düsse Brüch!« Nu wüss Korl meist nich, wat he vun düssen Spijöök holen schull. »Woso denn nich«, sä Heine, »wo schull dat Geld denn anners her kamen?«

Tjä, so ganz unrecht harr he jo woll nich, ok wenn em dat Finanzamt wiss nich seggen kunn, wo jüst sien, nämli Heine Matzen sien Stüergroschen afbleben weren. De kemen jo woll eersmal in en groten Pott un wören denn wedder in verschieden anner Pött verdeelt. In de Zeitung weer dat jo jümmers wedder natolesen, wo de Minister bi ’n Bund un ok in de enkelten Länder sik bi de »Haushaltsdebatten« dor gründli un duerhaft üm strieden dehn. Blots, dat so ’n unbedarften Börger männigmal dat Geföhl hebben kunn, bi all dat Strieden güng dat mehr üm Macht un Recht-hebben statts üm de Opgaven, för de dat Geld an 'n nödigsten bruukt warden müss.

»Ik mutt würkli seggen«, meen nu Korl sien Fru to Marlies, »dien Brüch mach ik lieden. Also Heine hett würkli en feinen Gesmack!«

»Tjä, Gerda«, reep de dortwüschen, »dat hest du mi woll nich totruut, wat?«

Gerda leet sik dor aver nich vun stören. »Blots wat fangst du denn mit de Brüch an, Marlies? Ik meen, wo se doch nu dien is?«

»Ik? Na, dor freih ik mi an. Is dat nich noog? Wi hebbt dor doch eben sülm vun snackt, de Hauptsaak is de Freid, de een an en Geschenk hett!« Marlies plinker ehr Fründin vergnöögt to.

»Jo aver«, nu wull Gerda dat jo nu ganz genau weten, »so 'n Brüch mutt doch pleegt warden; dat Gitter schall mal frische Farv kriegen un denn mutt jo ok mal dat Ploster utbetert warden, dor is doch allerhand mit vermaakt mit so 'n Brüch!«

»Tjä, dat is dor eben dat Schöne an«, reep Heine nu, »dor bruukt wi uns gor nich üm kümmern. Dor hebbt wi jo Lüüd för! Dat Stratenbuamt oder wokeen dor sünst noch wat mit to dohn hett. De kriegt dor jo ok för betahlt!«

»Jungedi«, sä Korl Suerbeer un wüss gor nich so recht, wat he sik op so 'n Narrenkraam woll noch mehr inlaten müss, »ji mööt dat jo bannig rieklich hebben! Is mi betto noch gor nich so opfullen. Liekers köönt ji mit de Brüch jo nich maken, wat ji wüllt. Ji köönt se nich verköpen oder afsparren …«

»Dat wüllt wi jo ok gor nich!« repen Heine un sien Fru meist to lieke Tiet, »dat harr doch nu överhaupt keen Sinn!«

De ganze Fohrt över snacken se noch hen un her, harrn veel Spaß an Heine sien Geschenkidee un Korl meen op'tletzt vull Bewunnern, wo grootmödig dat doch weer, wenn se dat schöne Geschenk eenfach so de »Allgemeinheit« överlaten dehn un dor sülm nix vun harrn as de Freid. »Woso dat denn«, reep Marlies, »wi fohrt dor doch ok männigmal röver! Wat meent ji, wat dat för 'n Ümweg för uns weer, wenn wi de Brüch nich harrn! Un wat wi dor för Benzin mit sporen köönt! Also op de Duer betahlt sik dat richdig ut! Nee, wi köönt se gor nich missen, uns Brüch!«

Na ja, weer jo man allens Ulenspegelee. Aver Korl Suerbeer un sien Gerda, de marken denn doch, so ganz un gor lachhaftig weer de Spaaß gor nich. Denn wat vun all ehr Stüern betahlt weer, dat höör jem doch ok all to. Un wenn 't man en lüerlütt Stück weer. Aver wat en Minsch nich sülm plegen oder wo he nich ganz alleen för graad stahn mutt, dat hett he meist nich op de Tell un vergitt dor ganz över, dat dor all för betahlen mööt.

Later, as Korl un Gerda wedder to Huus weren, dor pack se sinnig ut, wat se dütmal vun'n Wiehnachtsmarkt mitbröcht harr. »Hier, dat Kornkissen heff ik för dien Mudder utsöcht«, sä se, »dat kann se woll bruken …« Korl keek knapp op, he harr sik al achter de Zeitung verkrapen, »jo, maak du man«, sä he. »Nu kiek doch mal«, sä se, »lesen kannst nahsten doch ok noch!« »Jo, jo …« gnurr he, »ik warr glieks kieken …« Blots he deh ’t liekers nich. Weer jo ok to un to spannend, wat he dor op de een Zeitungssiet to weten kreeg: Jüst nu, eben vör ’t Fest, weer endli de Footgängertunnel fardig worrn; nu müssen se nich mehr so lang töben, bet se över de breede Autostraat na de anner Siet röver lopen kunnen, wo de Supermarkt un de Bushaltestell’ weer. Wat weer dat ok jümmers för ’n Angstpartie west, wenn een den Bus al kamen seech un nich röver kunn, wieldat de Ampel nich gröön warrn wull oder wenn een mit vullpackte Taschen gor nich so gau wedder trüch kunn. Un wo lang harr dat duert, bet ut den Buplan en greesige Bustell’ un nu endli en smucken Tunnel worrn weer. Wo hell un wo smuck, dat wiesen düdli twee grote Biller … jawoll, de Tunnel kunn dat Leben för vele Lüüd hier in de Gegend lichter maken. Ok för Gerda. Un so harr ok Korl en passen Wiehnachtsgeschenk för sien Fru funnen. Blots, wo he dat verpacken schull, dat wüss he in ’n Ogenblick noch nich … Aver dat Kornkissen, dat Gerda för sien Mudder köfft harr, dat keek he sik nu ganz genau an …

Vun Handy to Handy

Twee Daag heff ik mien Computer nich ansmeten. Dor mutt ik nu aver ganz nödig na Post kieken, na elektronische Post. Ok E-mails wüllt Antwurd hebben. Sühstwoll, as wenn ik mi dat nich dacht harr: E-mail vun 'n Wiehnachtsmann! He fraagt, wat ik al mit mien Handy trecht kamen kann. So en Slüngel! He mutt doch weten, wat he mi dor för 'n Kuckucksei verleden Johr mitbröcht hett! Dat heet, natürlich nich sülm, nee, he hett mi dat bringen laten. Gode Frünnen vun mi meenten, ik müss jo nu nödig ok mit so 'n Dings utstaffeert warden un dor hebbt se dat bi em för mi bestellt. Ik heff em forts trüchmailt, woso he mi dat egentli fragen mutt. Ogenblick later kreeg ik Anwurd: Dat gifft jümmers mehr Lüüd, de afsluts so 'n Handy hebben wüllt; dat lett meist, as wörr de Minsch nich för vull nahmen, wenn he keen hett. Un welk muchen sogor ehr ole Mudder een schenken. Wenn 't sien mutt, kann se dor forts mit üm Hölp ropen. Un nu fraagt de Wiehnachtsmann, wat de Minschen dor ok richtig mit ümgahn köönt. Oha, dat is man en achtersinnige Fraag: Mit dat Handy richdig ümgahn – meent he dat rein technisch? Aver so as ik em kenn, dor meent he noch wat mehr mit. Denn ok wenn en Minsch jümmers un överall mit so 'n Taschentelefon jiechenseen anropen un mit em snacken kann – dat heet jo noch lang nich, dat Minschen sik würkli neeger kaamt. Dat Snacken alleen hett doch noch keen Bedüden.

☆ ☆ ☆

Na good, denn will ik also Handy-Geschichten vertellen. Ok wenn dat, wat ik dor nu vun seggen kann, morgen al nich mehr gellen deiht. Ik heff mien Handy jo eers verleden Wiehnachten kregen – aver dat duer man blots en poor Maand, och wat, ik glööv, blots en poor Weken, dor weer dat nagelniege Stück al nich mehr op den neesten Stand. All Neeslang kaamt dor niege Modelle rut, de noch ganz anners funktschoniert, mit de een noch veel mehr anfangen kann. De nu jümmers noch meent, dat Handy weer blots to 'n Telefonieren dor, de is al op 'n Holtweg. Kloor, telefonieren kann 'n dor ok mit. Wenn een dat kann …

Also de Lüüd, de 'n överall mit ehr Handy hanteren süht un överto ehr Snackeree ok noch mit anhören mutt, jo, de köönt dat! Sogor halfwussen Jungs un Deerns snackt un snötert mit so 'n Dings an 't Ohr op de Straat, an de Bushaltestell' un sogor in de School – as wenn dat överhaupt keen Geld kösten de! Un meist kann ik dor ok gor nich mehr över lachen. Wat geiht mi dat an, wenn ik to weten krieg, dat Tini keen Nachthemd mithett, aver Joschi kann ehr denn jo woll een vun sien Slaapantöög lehnen, dor hett he jo so veel vun – un wat för schicke! Un denn mutt se sik woll en Taxi nehmen, wenn ehr keen afhalen kann … un Tini lacht un snötert, stöört sik dor gor nich an, dat ik ehr jüst güntöver sitt, in den ICE vun Kassel na Hamborg. Mit ehr Handy an 't Ohr nimmt se allens rundüm ›nicht zur Kenntnis‹ … Also nich, dat ik dor groten Wert op legg, aver een kann jo sülm keen kloren Gedanken hebben, wenn een jümmerto de Privatgeschichten vun ganz frömde Lüüd in de Ohren stoppt warden! Wenn 't doch tominnst noch interessante Geschichten weren statts so 'n alldaagschen Kraam … Aver de sik in 't Fernsehn dat ganz alldaagsche Leben vun private Lüüd ankieken mach, de sik mit all ehr Intimitäten jümmerto vun Fernsehkameras op den Bildscherm hieven laat, na ja, den scheert dat ok nich, wenn all sien private Snakkeree ok vun ganz frömde Lüüd anhöört warden kunn.

☆ ☆ ☆

Un denn kreeg ik verleden Wiehnachten ok en Handy! Betto harr ik mi över düsse Dinger un mehr noch över de Lüüd, de sik dor so wichtig mit harrn, fix lustig maakt! Ok de goden Frünnen, de mi dat Handy schenkt hebbt, de kunnen düssen niemodschen Heidudelkraam eers gor nich för eernst nehmen, bet se … na, dor snackt wi beter nich över. Aver bi dat grote Auto-Mallöör weren se wiss nich so good vun afkamen, wenn dor nich en fründliche Mitminsch mit sien Handy Hölp ropen harr. Dor hebbt se sik denn later nich blots sülm een anschafft, nee, de ganze Familie müss dormit utrüst warden – un de neechsten Frünnen ok. Un se hebbt mi klipp un kloor düdli maakt, wo wichdig dat sien kunn, wenn een so ganz un alleen op 't wiede Feld, keen Huus wiet un sied, womöglich ok noch bi Nachttiet, Hölp bruukt.

Ik harr dat jüst eers beleevt: Dat weer al bannig düster, ik weer wied buten op 't Land un harr noch en wieden Weg vör mi. Un dat regen, dat regen wat vun 'n Heben wull – un ik wüss överhaupt nich mehr, wo ik weer, ik harr mi ›verfranzt‹, as dat so schöön heet … Ik wull na Huus – blots na Huus, un föhr un föhr lanks Straten, vörbi an Hüüs – aver narms en Licht; ik keem dörch Dörper, de Namen harr ik al höört, aver in wat vör'n Richt de legen, dat kunn ik in 'n Ogenblick nich utmaken. Ik weer so richdig verbiestert – un narms een, den ik nah 'n Weg fragen kunn. Wenn mi nu wat passeren deh, wenn mien Auto miteens slapp maken deh … nich uttodenken! Gottloff harr ik noch noog Benzin in 'n Tank – aver verdammi, in düsse Düsternis un bi düssen strammen Regen, dor kunn een jo bregenklüterig warden! Nee, nee, is nix passeert – ik heff op ’tletzt de Straat funnen, op de ik seker na Huus keem. Aver dat is en gediegen Geföhl, wenn een so in pickendüster Nacht bi stüddig ruschen Regen över frömde Straten fohrt un nich weet, wo ’t nah Huus geiht. Un dor heff ik dacht, wenn ik nu so’n Handy harr, denn harr ik dor doch een mit anropen kunnt un tominnst en vertruute Stimm höört. Un weer mi in de Nacht op de frömde Straat bi düt rusige Regenweder nich ganz so verlaten vörkamen …

☆ ☆ ☆

Denn fallt mi aver ok de Geschicht’ vun den Mann in, de laat an ’n Abend noch Geld ut’n Automaten halen wull. Ik kenn den Mann. He is en groten staatschen Kierl un wiss keen Bangbüx. Aver en fledigen Jungkierl mit en Revolver in de Hand is em glatt över. De hett em warrafti dwingen kunnt, in sien egen Auto to stiegen un mit em rut ut de Stadt to fohren. Nu fohr mal dörch de Nacht un weetst nich mal, wo de Reis’ hengahn schall, un jümmers düssen utverschaamt-gefährlichen Gast mit den Revolver blangen di. De sik op nix inlett, dor helpt keen godes Wort, keen Beed, keen Mahnen to Vernunft, de blots isern swiggt un af un an mit heesche Stimm »Weiter!« rutstött. Un du fohrst un fohrst – un du muttst ok mal tanken, un de junge Minsch jümmers ganz dicht blangen di, un du föhlst ganz düdli, wo he di den Revolverloop in de Rippen drückt. Fallt nümms op – nee, un de Fohrt geiht wieder un wieder, un denn, eben vör en gröttere Stadt, schreet de Kierl: »Stop …!« un du pettst op de Brems', he ritt de Döör op un stött di rut op de Chaussee, un dor liggst du nu in Dreck un Düster, un de junge Röver huult mit dien Auto af, kannst blots noch de roden Rücklichten sehn.

Tjä, wat de Kierl nich bedacht hett, uns Fründ harr sien Handy in de Jackentasch, un so kunn he de Polizei forts üm Hölp ropen. De hett em nich blots opsammelt, se hett ok gau den Kierl mit dat Auto faat kregen. Bi all de Opregung – Glück hett he hatt, uns Fründ. Un dat Handy hett dor en ganz wichdige Rull bi speelt.

☆ ☆ ☆

Nee, nee, dat much ik miendaag nich beleven! Eendont wat ik nu en Handy heff oder nich. Aver nu harr ik dat jo kregen – to Wiehnachten. Vun leve Frünnen. Dat ik mi man jo helpen kunn, wenn ik doch mal ünner de Röver fallen deh … Mien Handy weer heel smuck, leeg fein in de Hand, harr en lütt Kiekfinster, wat op needüütsch ›display‹ heten deiht, un lütte Knööp mit Tallen un seech sowied ganz harmlos ut. Un ik harr mi in mien kindlichen Verstand dacht, wenn ik op en poor vun de Tallen drücken de, denn kunn ik de Frünnen, mit de ik snacken wull ok richdig anropen. Un de mien Handy-Nummer kennen deh, de kunn mi jüst so faat kriegen.

Nu höör dor aver ok noch so ’n lütt Book mit de ›Gebrauchsanweisung‹ to – meist hunnert Sieden! Mit Bookstaben – lütt as Flegenschiet!! Ohn Vergrötterungsglas weer dat gor nich to lesen – 100 Sieden! Dat mehrste, wat se dor so lang un breed verkloort harrn, dat müss ik jo woll nich weten, heff ik mi dacht un överto verstünn ik dat ok gor nich. Wat schull ik mit ›Rufumleitung‹ un ›Konferenzschaltung‹ un ›Gesprächsoptionen‹ wull anfangen? Dat geef, ik weet nich woveel, ›Funktionen‹, mit de een jiechenswat in- un üm – un afschalten kunn, dat geef ›Pincode‹ un ›Voice-Notes‹ un verschiedene ›Menues‹ – blots dat weren keen Spieskorten, de möken ganz verschieden ›Sonderdienste‹ künnig: Börsenkurse, utlännische Verkehrsnahrichten, Horoskope un ik weet nich, wat sünst noch allens. Man düssen ganzen Schrott kunn ik doch gor nich bruken – ik wull doch man blots telefonieren! Och so, de wichdigsten Telefonnummern vun Frünnen, jo, de kunn ik dor ok ›ingeben‹, as dat so schöön heet; wenn ik dat richdig maakt harr, denn kunn ik de Nummer, de ik hebben wull, mit en enkelten Knoopdruck in dat lütt Kiekfinster to sehn kriegen, müss denn blots noch op ›o. k.‹ drücken – un denn kunn dat Telefonieren losgahn. Du leve Tiet, wat heff ik rümprobeert, bet ik tominnst de Nummern, de för mi an’n wichdigsten weren, in mien Handy rindrückt harr! Un wenn ik mi vertippt harr – bi de lütten Knööp weer dat jo licht to – wat müss ik allens proberen, ehrer ik de verkehrten Tallen wedder rut kreeg. Och wat, ›löschen‹ heet dat – ok wenn dat in mien Handy wiss nich brennen kunn …

Also, dat hett Stünnen köst, ehrer ik mit düt verdreihte Dings togangen kamen kunn! Blots wenn ik all de Lüüd seh, de op de Straat, in ’t Restaurant, in ’n Supermarkt un ik weet nich an wat för Stäen noch mit ehr Taschentelefon in ’ne Gangen sünd, denn fraag ik mi nich blots, wat se dor jümmerto to snacken hebbt, nee, ik much blots mal weten, wat se de hunnert Sieden ›Gebrauchsanweisung‹ utwennig lehrt hebbt! Aver de hebbt viellicht all veel mehr Verstand as ik. Du leve Tiet, ik wull doch nich mehr as telefonieren …

Un denn funn ik op dat lütt Kiekfinster vun mien Handy so ’n lütten Breef – blots so as ›Symbol‹, versteiht sik. Wat dat bedüden schull, dat kreeg ik nich rut, ik kunn noch so veel proberen, de lütte Breef bleef stur op sien Platz in mien lütt Kiekfinster. Optletzt güng ik nah ’t Postamt, dor geef dat fründliche Beamte, de sik mit sowat utkennen dehn.

»Tja«, sä de tostännige Minsch, »Sie haben ja das Horoskop abonniert. Das kriegen Sie nun jeden Tag. Und dafür müssen Sie auch bezahlen!«

Also nu slaag doch Gott den Düvel doot!!! Ik? Dat Horoskop abonniert? Wo keem ik denn dorto? Ik kunn em dusend hillige Eide toswören, dat ik dat miendaag nich dohn harr, wo ik mit Horoskope afsluuts nix in ’n Sinn heff! Na, he hett mi dor vun afholpen, hett den Kraam ›löscht‹ un nu funn ik ok keen Brefen mehr in mien lütt Kiekfinster. Aver as ik denn de erste Reeken kreeg, dor heff ik mi doch bannig wunnern müsst. Dat ik dor jeden Maand en Bidrag betahlen müss, dat weer jo kloor. Un wenn ik een anropen deh, dat köst jo ok wat – dat is bi’t Telefonieren nu mal so. Aver överto schull ik ok för ›Sonderdienste‹ betahlen – wat schull dat denn bedüden? Eenmal för ›Weltpolitik‹ – 34 Penn. Na ja, för Weltpolitik is dat jo noch nich so veel – aver teihn mal ›News‹ – dat weren al 3,36! Woso egentli? Och so, tofällig keem mi sowat in ’t Kiekfinster, un düsse ›News‹ weren jümmers ’n poor Daag old un dorüm heff ik dat ok nie för vull nahmen. Un dor ok noch för betahlen, nee, dat harr ik miendaag nich dacht! Och, un denn eenmal ›Lust und Liebe‹ – hett ok blots 34 Penn köst! Billigen Spaaß – wenn ik den man hatt harr … un ik heff ok nix vun ›Devisen‹ för 34 Penn – weten wullt, nix över den ›Euro‹ un wiss un warrafti heff ik mi vun mien Handy keen ›Witz‹ vertellen laten, de mi ok 34 Penn kösten schull! Verdori noch mal to, woso schull ik för ›Sonderdienste‹ betahlen, de ik gor nich verlangt harr? Dor hören ok de ›Horoskope‹ to, de sik dor in mien Handy rin – un de sik denn op de Reeken ropsliekert harrn!

Ik heff gruvelt un gruvelt, wo dat dor woll to kamen kunn – un na mien Verstand kunn dat blots dor vun kamen, dat ik mit mien Handy jümmers un jümmers wedder utproberen müss, wo ik dor ganz normal mit telefonieren un wo ik de Nummern vun mien Frünnen dor rinkriegen kunn. Un dor harr ik mi al över argert, wat in dat lütt Kiekfinster jümmers so Saken ankünnigt weren, de ik gor nich weten wull – ik heff dat jümmers forts wegdrückt. ›Verkehrsnachrichten Ausland‹ – wat harrn de op mien Handy to söken? Un all den annern överleidigen Kraam, för den ik nu ok noch betahlen müss! Na schöön, ik will dat man as ›Lehrgeld‹ ankieken. Blots ik kann mi nich helpen – ik kaam mi överdüvelt vör! Ik heff bi den netten Postminschen fraagt, jo, de, de mi vun dat ›Horoskop‹ afholpen hett, wat een nich düssen ganzen överleidigen Schrott vun mien Handy weglöschen kunn. Ik wull nix anners, as mit dat Dings telefonieren un, wenn’t sien müss, ok för Frünnen jümmers to spreken sien. Un dor hett he seggt, nee, dat güng nich. De ›Sonderdienste‹, de müss een mit so ’n Handy nu mal mit övernehmen. Een müss se jo nich anwählen – ok nich ›ut Versehn‹, so as mi dat denn jo woll mit mien ›Utproberen‹ passeert weer. So, un dor heff ik endli markt, in wat för ’n Fall’ so ’n unbedarften ›Handynutzer‹ rutschen kann. Aver viellicht heff ik ok keen Verstand mehr för düsse niemodsche Technik. Un dorüm heff ik mien Handy afstellt. So. Blots wenn ik anropen will, denn weet ik, woans ik dat maken mutt. Un för Lust un Liebe, nee, dor bruuk ik keen Handy to …

☆ ☆ ☆

De Wiehnachtsmann hett mi anropen. Nee, nich över 't Handy. Dat heff ik nu jo jümmers afstellt. Aver he hett mi meist utlümmelt. Ik schull mi nich so hebben, hett he seggt, un wenn de Minschen sik so'n kumplizierte Technik anschafft, denn schüllt se ok gefälligst lehren, dor richdig mit ümtogahn. Un dat gellt noch för ganz anner Saken as blots för so 'n lütt Taschentelefon.

So! Un dat mutt mi utgereekent de Wiehnachtsmann seggen! De vun mi weten wull, wo Minschen mit sien Geschenken ümgaht. Un so 'n Handy, hett he seggt, dat wörr in Tokunft noch veel kumplizierter, dor kunn 'n noch veel mehr mit maken as blots telefonieren oder Börsenkurse afropen.

»Laat mi an Land«, heff ik seggt, »dat mutt ik allens nich hebben!«

Un dor heff ik denn doch en lies Smustern in sien Stimm' höört: »Dat bruukst jo ok nich. Blots laat di vun de Technik keen Been stellen – anners fallst du op de Nees! Wenn se di nütten schall, denn muttst du lehren, wo 'n dormit ümgeiht. De dat nich kann, de mutt eben Lehrgeld betahlen – oder he mutt dor de Finger vun laten.« Un dat mutt ik mi utgereekent vun düssen Olen vertellen laten! »Danke, Wiehnachtsmann«, segg ik, viellicht en beten to patzig, »verdeel du man Handys över de ganze Welt! Viellicht köönt de Minschen bald överhaupt nich mehr anners mit ’nanner snacken as mit düsse Düvelsdinger!«

»Na, nu maak mal halflang«, seggt he, »aver ik much blots noch mal eben wat anners fragen: Wo gau kann egentli dien Auto fohren?«

Wat hett dat denn nu egentli mit mien Handy to dohn? »Ik weet nich«, segg ik, »ik glööv, so bi tweehunnert Kilometer in ’ne Stünn. Steiht tominnst so op den Tacho.«

»Na, dat is för irdische Verhältnisse jo teemlich fix«, seggt he, »un so fix fohrst du ok, nich? Dat kannst du doch!«

»Na höör mal«, also nu ward mi dat krupen, »ik bün doch nich narrsch! Ik fohr so gau oder ok so sinnig as dat jüst paßt. Aver doch nich so fix, as mien Auto dat för Gewalt kann!«

»Nu reeg di man wedder af«, seggt de Wiehnachtsmann, »dat weet ik doch. Aver dat wiest di jo woll, du muttst jo nich allens utnütten, wat all dien technischen Heidudelkraam so leisten kann. De schall blots dat maken, wat du sülm bruukst. Annerseen verlangt vun densülwigen Apparat viellicht ganz wat anners, viellicht will un mutt he mit sien Auto tweehunnert Kilometer in de Stünn fohren – dor mutt he för graad stahn. Nich de Technik.«

»So. Un wat hett dat mit mien Handy to dohn? Dat fohrt nich so gau …!«

»Nee«, seggt de Wiehnachtsmann, »aver wenn du mit so ’n Dings togangen kamen wullt, denn muttst du ok insehn, dat is nich för di alleen maakt. Lüüd hebbt nu mal verschieden Wünsch. Du schass jo man blots lehren, mit dien Handy dien egen Wünsch, oder seggt wi mal beter ›Bedürfnisse‹ natokamen. Dat Dings schall dien Dener sien – aver du muttst nich de Dener vun dien Handy sien.«

Oha, de Wiehnachtsmann geiht warrafti mit de Tiet … also denn will ik dat mit mien Handy noch mal versöken. Ik stell dat wedder an. Aver nich för Lust un Liebe …!

Woto bruuk ik Millionen …?

»Kannst du egentli good mit Geld ümgahn?« hett mi de Wiehnachtsmann vör 'n poor Daag eers fraagt. Dütmal hett he mi över mien Handy faat kregen, weer man en Glück, dat ik dat nich jüst afstellt harr. Ik stünn jüst in 'n Schalterruum vun uns Spaarkass' un wull mi 'n beten Geld holen. Nu müss ik mi doch warraft in en Eck stellen, müss jo nich jedereen glieks mitkriegen, wenn de Wiehnachtsmann wat över mien Finanzen weten wull.

»Dat kümmt dor ganz op an«, heff ik seggt, »meist bün ik mien Leefdag mit dat utkamen, wat ik harr. Un dat is männigmal verdammt wenig west. Aver över de Runnen kamen, och, dat bün ik denn jo woll.«

»Denn hest du grotes Glück hatt«, meent he. Woso Glück!? Ik heff eben nie mehr hebben wullt, as ik mi leisten kunn!

Dor hett he mi aver wedder mal fix uteselt, de Wiehnachtsmann, de Minschen weren nu mal verschieden, hett he seggt, un ik weer al lang nich dat Maat dorför, wo een mit Geld ümgahn schall. Wenn ik tofreden bün mit dat, wat ik heff, denn is dat jo mien Saak. Blots dat kümmt em so vör, as weren de Minschen jümmers mehr op Geld ut, dat steiht op ehr Wunschlist' meist ganz babenan. Un mit Aktien un Börsenkurse bemengeleert sik sogor de, de anners keen Penn op de Naht hebbt.

»Na ja«, heff ik seggt, »denn kannst jo to Wiehnachten mal en poor Aktien verschenken oder en Lotterielos – oder kannst du dor viellicht mal för sorgen, dat dor een fief Richdige in 't Lotto hett?«

»Och nee, muchs du woll ok giern mal hebben, wat? Mit Tosatztall? Un denn noch de Jackpot, wenn 't richdig slumpen schall?«

Also he kennt sik ut, de ole Wiehnachtsmann, blots dor kümmt he bi mi verkehrt: »Laat mi an Land«, segg ik, »wat schall ik mit de Millionen – dat kann ik gor nich denken!«

»Un du hest mi vertellen wullt, du kannst mit Geld ümgahn?! Dat kannst du eben nich! Dor mutt 'n sik ok bi Millionen op verstahn – dat is nämli gor nich so licht to.«

»Na, dat weet ik doch! Ik bruuk blots op de Wirtschaftssiet vun uns Zeitung kieken!«

»Un woso glöövt de mehrsten Lüüd, se kunnen dat – wenn se dat Geld man harrn?«

Un dor stah ik nu in de Sparkass' mit mien Handy an 't Ohr, snack mit den Wiehnachtsmann un heff so schöne bunte Plakaten vör Ogen: Wo licht een sik nu Wünsch erfüllen kann, wo eenfach dat is, to dat nödige Geld to kamen bi Lichterglanz un Vörfreid' op dat Fest. Un ik seh all de Lüüd, wo se an de Kass' staht oder an 'n Geldautomaten oder an 'n Tresen mit de Sparkassenlüüd verhannelt. Wokeen dröömt vun de woll vun dat grote Geld – oder blots vun dat lütte, dat em jüst fehlen deiht …

»Tjä, mien leve Wiehnachtsmann«, segg ik, »dor gifft dat 'n Barg Geschichten vun – un wat du denn de Minschen bescheren wullt, dat muttst du nu sülm weten.«

☆ ☆ ☆

Dat lett, as snackt se dor meist all över, op de Straat, in de Geschäften, bi de Post, an de Tankstell' un natürlich abends, in 'n Kroog, wenn se tosomen an 'n Stammdisch huukt oder an 'n Tresen staht: De Jackpot bi 't Lotto – 25 Millionen! Also wat maakt de Minsch mit 25 Millionen? Wat ›Jackpot‹ genau heten deiht, dat weet de mehrsten nich – blots, de den Jackpot knackt hett, de hett ganz unbannig veel Glück. Mehr bruukt de Minsch nich to weten. Wat för 'n Pott dat sien schall, dat 's jo ganz eendont, Hauptsaak sünd de Millionen, de dor binnen stickt!

Un jüst to Wiehnachten – wat kunn dat för 'n Geschenk sien! Keen Fest köst so veel Geld as Wiehnachten! Aver wat speelt Wiehnachten noch groot för 'n Rull, wenn een Millionen op 't Konto hett? Dor will de Minsch jo noch 'n beten länger wat vun hebben – un kann nich mal richdig översehn, wo lang he mit dat veele Geld utkamen kann. Soveel Millionen – wokeen kann dat al denken?

☆ ☆ ☆

An 'n besten köönt de över dat veele Geld nadenken, de dat nich hebbt. Un de kunnen natürlich veel beter mit dat Geld wat anfangen as de, de dat würkli wunnen hett. Wat harr doch de arme Mann uttostahn hatt, de vör Johren mal en Huus in en Lotterie wunnen harr. En wunnerschöön Huus mit Goorn un allens, wat dor tohöört! Eers hett he dat nich glöben wullt, denn hett he lange Tied nich waagt, sik överhaupt to mellen. Aver so op 'n letzten Drücker, dor hett he sik denn doch truut.

Un dat keem, as dat kamen müss: Wat harr de Mann miteens för 'n Barg Frünnen! All weren se em dat Glück jo günnt, nee, allens wat recht is, dor harr dat doch mal den Richdigen drapen. Blots bi so veel Dusel, dor kunn doch een op stahn! Aver jo nich so 'n lütten! So 'n Huus, dat harr doch sien Wert! Un wenn he dat verköpen deh, un dat wull he denn jo woll, denn wat schull so 'n öllerhaftigen Mann noch mit en Huus? He schull man jo sehn, dat he dor 'n goden Pries för kriegen kunn. Aver denn harr he jo Kapital – un ok dat schull jo richdig anleggt warden, na ja, un he kunn dor jo wat vun utlehnen, gegen Zinsen, versteiht sik, dor kunn he doch en godes Wark mit dohn un harr dor sülm ok sien Gewinn vun. Also de gode Mann mit sien wunnen Huus, de kunn sik för anner Lüüds Raadslöög nich redden un bargen. All meenten se dat jo so good, all wullen se sien Best un wat se sik dor för sik sülm utreken dehn, dat kunn he gor nich so recht klor kriegen. Aver dat Besitz ok Last sien kann, dat hett he ganz fix begrepen.

☆ ☆ ☆

Lüüd, de al en Huus hebbt, de weet dat al lang. Eendont, wat dat Huus groot un prachtvull oder blots lütt un bescheiden is. Wat is dor överall bi. So as bi den Dokter mit de ole schöne Villa in den groten Goorn. De Villa harr de Fru ehr Grootöllern un denn ehr Öllern tohöört – un de harrn dat Huus ehr Kinner överlaten. Dat weer för de Olen op de Duer to groot un op'tletzt ok to düer worrn. Un egentli harr de Dokter un sien Fru sik dat ok nich recht leisten kunnt, aver dat schöne ole Huus eenfach so verköpen, dat muchen se de Öllern nich andohn, dor hüng jo wat an, weer 'n Stück Familiengeschicht' – un de mööt sik de Arben männigmal aarig wat kösten laten. Un liekers harrn de beiden sik in den groten Goorn en Swimmingpool anleggen laten, nich so'n grootordigen – oh nee, dat kunnen se nich betahlen; aver för ehr Gesundheit müssen se nödig wat dohn. Blots denn güng in de schöne ole Villa an en rusigen Harvstdag de Heizung twei. Dat weer en bösen Slag, nich blots de Villa, de Heizung weer jo ok old – un opsleten weer se babento. De Dokter reep forts bi de tostännige Firma an, de schickten ok glieks een vun ehr Lüüd, de sik den Schaden lang un gründlich bekieken deh un dor op 'tletzt mit rutkeem: En Reparatur wöör sik nich mehr lohnen, dor müss en kumplett niege Heizung her. Un de weer natürlich nich so billig to hebben. De arme Dokter dach, em dröppt de Slag – also dat, dat kunn he sik in 'n Oogenblick würkli nich leisten, un as de Mann sä, wat dat Ünnernehmen op'tletzt kösten deh, dor schüddköpp he, nee, dat weer eenfach toveel. Wat dat denn nich en anner Lösung geben deh. De Heizungsminsch sä eers gor nix, denn keek he sik stillswiegens in den schönen Ruum mit de kostboren olen Möbel un de schönen Biller an de Wannen üm, keek denn na buten na den Swimming-Pool in 'n Goorn un keek denn den Dokter an. Seggen deh he jümmers noch nix, aver wat he denken deh, dat weer em düdli antosehn. De as studeerten Minschen mit so 'ne feinen Saken utstaffeert in so en schöne Villa wahnt – un denn ok noch en Swimming-Pool in 'n Goorn hett, de kann sik doch woll en niege Heizung leisten! Müss de Dokter düssen Kierl würkli eers verkloren, dat he un sien Fru keene rieken Lüüd weren – ok wenn Huus un Goorn dat glöben leten? Dat harr de Minsch em wiss nich afnahmen. De harr sik op jeden Fall mit sien Finanzen beter vörsehn …

☆ ☆ ☆

Dor wüssen sik de Kinner vun en Bumeister anners to helpen, as de sik mal in en lütte Stadt en staatsches Huus köpen deh, dat woll wunnerschöön weer aver lang lerrig stahn harr, wieldat sik nümms funn, de den utverschaamt hogen Pries betahlen wull. Natürlich weer dat en Sensatschoon in de Lüttstadt as de grote Familie dor intrecken deh, un as de Kinner in de School kemen, dor hebbt de annern Gören glieks wunnerwarkt: »Oh, wat mööt ji för 'n rieken Vadder hebben!« Natürli harrn de sik dor ok wat vun verspraken, blots dor hebbt se eersmal mit achtern Barg holen … »Rieken Vadder«, hebbt de Kinner vun den Bumeister seggt, »den hebbt wi mal hatt. Nu is he nich mehr riek.« Un denn wören se mit düt Thema dörch. Ok in de Stadt harrn sik de Lüüd dor bald an wennt, dat de Bumeister sien Kraam woll in 'ne Reeg holen, aver ehrer bescheiden leev un mit Geld nich so eenfach üm sik smieten kunn. Blots toeers, dor hebbt se sik dat jo ganz anners vörstellt! Un liekers geef dat Lüüd noog, de dor luud oder ok liesen över nahdenken müssen, wo egentli so'n slichten Minschen woll to dat veele Geld kamen weer. Schulden bi de Bank? Viellicht en Lotto-Gewinn oder en groot Arvdeel? Wat harr dor woll dat Finanzamt to seggt? Aver dor weer nix över ruttokriegen. Dat een ok mit Fliet un Düchdigkeit to wat kamen kann, och wat, flietig un düchdig sünd wi jo all – blots wi, wi kaamt jo nich so wiet! Aver över anner Lüüds Geld nahdenken, dat is allemal spannender as sien egen poor Kröten to tellen …

☆ ☆ ☆

Wokeen dröömt dor woll nich mal vun, eenmal so veel Geld to hebben, dat he sik allens leisten kann, wat he sik wünschen deiht. Mit Arbeid alleen, nee, dor kümmt dat meist nich so wied. Mit fief Richdige in't Lotto viellicht, mit Spekuleren an de Börs' oder womöglich in so 'n Speelcasino – Glück höört överall to, blots wat dat ›grote Geld‹ op'tletzt den Minschen würkli glücklich maken deiht, dat is gor nich mal seker. Ut de gröttste Noot mag dat jo woll helpen. Aver wannehr kaamt de gröttste Noot un dat grote Geld tosomen?

Aver de dor eernsthaft över nahdenken mutt, wat he denn mit soveel Millionen würkli anfangen will, de kann mit all sien Wünsch' ganz fix in 'n Bruddel kamen. Denn wenn Geld överhaupt keen Rull mehr speelt, denn hett dat, wat een sik dor för leisten kunn, gor keen Weert mehr. Blots dat köönt de mehrsten sik nich vörstellen un dat Geld alleen nich glücklich maakt – na ja, dat snackt sik so licht hen. Würkli glöben doht de mehrsten dor nich an. De mehrsten – aver nich all!

Un dat weren wiss keen rieken Lüüd, de dor op den Wuchenmarkt an den Gemüsestand Zippeln, Woddeln un Kohl köfft harrn un nu mit 'n Teihnmarkschien betahlen wullen. »Oha«, sä de junge Gemüsebuer, »dat is de erste Teihnmarkschien, den ik vundaag in de Finger krieg. Weten Se denn, dat Se mit düssen Schien viellicht hunnertdusend Mark gewinnen köönt?« De beiden, al en beten wat öllerhaftige Lüüd, schüddköppten mit 'n Lachen: »Och, Se meent düt Gewinnspeel in 't Fernsehn, wo Lüüd mit en bestimmte Nummer op so 'n Geldschien so veel Geld kriegen köönt!? Nee, beste Mann, dat kann uns nich interessieren. Wi sünd ok ohn dat vele Geld tofreden – wat wi bruukt, dat hebbt wi. Dat langt.« De junge Mann lach: »Dat segg ik ok! Ik maak mien Arbeid un dor kann ik ok vun leben. Ik mutt nich hunnertdusende vun Mark hebben … dat wörr mi blots nervös maken!«

›Tjä, nu segg mal sülm, passt so 'n Oort Minschen noch in uns Tiet? Minschen, de twoors noog to 'n Leben aver de dat ok nich överleidig rieklich hebbt – un liekers nich mehr hebben wüllt? Sünd se dummerhaftig, so 'n Lüüd – oder sünd se klook? Klöker as de, de för Gewalt achter dat Geld her sünd? Aver nich mal de kann 'n so eenfach in en Pott smieten. Geld kann för den Minschen blots denn Wert hebben, wenn he dat ümsetten kann, in dat wat he bruken mutt oder wat he sik wünschen deiht. Anners is dat nix as Papier un Metall. Oder nakte Tallen op 't Bankkonto.

☆ ☆ ☆

Dor harr doch mal en Buersfru 25 000 Mark in en Lotterie wunnen. Aver dat is meist hunnert Johrn her, dor hebbt wi noch 'n Kaiser hatt un de 25 000 Mark sünd Goldmark west, un de weren noch veel mehr wert as 25 000 Mark hütigendaags. Nu leev düsse Fru, Greten Peters hett se heten, buten op 'n Lannen, achtern Diek, dicht an de Westküst', wo de Heben so hoch un dat Land so wiedlöftig is, un wo een al lang vörher sehn kann, wenn dor een op Besöök kümmt. Se harr en lütt netten Hoff, dat güng ehr nich slecht un nu schull se ok noch so veel Geld kriegen! Bescheed wüss se al, de Bank harr ehr 'n Breef schickt un dat harr jo 'n beten duert, ehrer se sik vun den ersten Schreck verhaalt harr. Aver 25 000 Mark? Geld, wo se nich mehr för dohn müss as – wo lang weer't her? – dat Los optobewohren, wat ehr Mann köfft harr un wo se noch so böös üm weer, för sowat Geld uttokleihn! Un denn weer he vör 'n half Johr storben – un nu seet se dormit an …

An en kolen klaren Wintermorgen seech Greten em kamen, Fiete Postbüdel vun de kaiserliche Post. Licht harr de dat warrafti nich, tweemal in de Week de langen Wegen vun Hoff to Hoff to stappen, bi Küll un bi Hitten, bi Storm un Regen. Un denn mit all de Packelaasch. Aver Fiete Postbüdel weer dat so wennt; mit siene langen Been in de hogen Stebeln keem he good vöran, un wenn de Regen un de Rööd vun de Buernwagens de Wegen gor to dull toschannen maakt harrn, denn wüss he sik mit sien langen Stock över de slimmsten Stäen wegtohelpen. Nee, so licht leet he keen Tour ut, op em weer Verlaat. As ›kaiserlichen Beamten‹ nehm he sien Plichten genau. Ok wenn de Lohn bescheiden weer un de Fru to 'n Waschen utgahn müss, anners harr he sien fief Kinner nich recht satt kriegen kunnt. Aver in de mehrsten Hüüs geef dat en Mundvull Snack, 'n Tass' hitten Kaffee un meist ok en Lütten ut'n Buddel. So kunn Fiete dat utholen.

Nu keem he denn op den langen Weg lanks de Huuskoppel op Greten ehrn Hoff to, bi de Küll stünn em de Aten as en witte Rookfahn vör 'n Mund un he weer heel froh, dat he nu endli sien besünnere Fracht loswarden kunn. 25 000 Mark müss he jo nich alle Daag mit sik rümslepen. Op de Bank, nee, dor wull Greten dat jo nich rümliggen laten. Geld höör in 't Schapp – wat schull dat op de Bank? Un so müss Fiete ehr dat eben bringen.

Den Waterketel harr se al to Füer, dor schull jo nu woll en Grog op stahn. Denn höör se sien Treed al över de Deel kamen, jo, un denn stünn he in de Köök un smeet den sworen Postsack eersmal op de Eckbank. Denn güng he sitten un füng an, mit klamme Finger Snallen un Remen optoknütten bet he endli luder lütte Packen op den Disch leggen deh. Greten keek, heel un deel verwunnert. »Is dat allens?« fraag se. »Tööf man«, sä he un kraam op'tletzt noch dree leddern Büdel ut den Sack. »Dor hest dat«, sä he un greep nah't Grogglas, nehm eersmal 'n degten Sluck, aver Greten sä glieks: »Jo, denn laat uns man anfangen.« Kieken deh se jümmers noch unglöövsch – düsse Packen un de dree Büdel, dat schull allens sien? Aver de Büdel weren tominnst vull mit gollen Twintigmarkstücken. Weer jo ok al 'n ganz Dutten, as se de dörchtellt harrn.

»Mehr Büdel hest nich?« fraag se. »Na, hör mal«, sä he, »wo schall ik de denn all mitslepen? De velen Banknoten hier, de hebbt al noog Gewicht. Un ik loop doch nich blots mit dien Post los.« Na ja, se geef sik dor jo mit tofreden, ok wenn ehr de Goldstücken lever west weren as dat ole Papiergeld. De Lüüd säen twors jümmers, so 'n Hunnertmarkschien weer jüst so veel wert as fief Twintigmarkstücken; aver kunn se dat würkli glöben? Mit Gold harr een doch wat Reelles in de Hand …

Un denn tellten se wieder, Schien üm Schien, jümmers een nah 'n annern. Oha nee, dat weer rein toveel mit de ole Telleree. Un wenn ok op düsse Papierstücken de Tall Hunnert düdli to lesen un de Kaiseradler un en Reeg Ünnerschriften to sehn weren, miteens harr Greten keen Lust mehr. Se weren jo woll so bi twintigdusend ankamen, dor schööv se den Rest weg. »Dor« sä se to Fiete, »den Rest kannst beholen. Is jo bald Wiehnachten – un wat schall ik mit all den Kraam.«

Un so harr Fiete Postbüdel ganz unverwohrens dor ok wat vun, vun Greten Peters ehrn Lotteriegewinn. Un blots, wieldat se dat Geld nich för so wichdig nehmen kunn un wieldat se tofreden weer mit dat wat se harr.

Düsse Geschicht vertellt een sik in dat Dörp ok hüüt noch. Greten Peters ehrn olen Hoff steiht nu ünner Denkmalschutz, un in 'n Summer blieft dor vele Badegäst vör stahn un bewunnert dat smucke Huus. Tohören deiht dat al lang en rieken Ünnernehmer, de hett noch 'n poor mehr Hüüs in de Gegend un verdeent dor sien Geld mit. Un dat nich to knapp. Blots dat bruukt he ok, wenn he sien Hüüs good vermeden will, denn mutt he de jümmers op Schick holen. Aver dat mutt he sik ok wat kösten laten – för nix is nix. Wenn he wedder mal de ole Geschicht vun Greten Peters ehr 25 000 Mark höört, denn lacht he. Nee, dat harr em nich passeeren kunnt – ok dormols nich, wenn he denn al leevt harr. Geld mutt een richdig anleggen wenn dat wat bringen schall, seggt he; op 't Reken mutt 'n sik al verstahn un jede Chance utnütten. ›Gewinnmaximierung‹, dor kümmt dat op an wenn een vöran kamen will. De dat nich schafft, de buert trüch un is bald an 't Enn'. Tjä, so is dat al jümmers west, sietdem dat Geld de Welt regeert … blots Greten Peters, de hett dor nix vun wüsst.

De Wiehnachtsesel

»Och, wat is de sööt!! Kiek doch mal – is de nich sööt!!?« Christine weer rein ut de Tüüt' as se ganz vörsichdig dat Deert endli ut all dat Siedenpapier wickelt harr.

Aver Dieter sä blots: »Na ja – Mövenfoder ...«

»Also wo kannst du blots sowat seggen! Dat hier is Kunst!!«

»Wat heet hier Kunst? Kunnst du di dor woll noch op besinnen, wat wi mit dat schöne Bild maakt hebbt, jo, dat wat Unkel Ernst mi to 'n Geburstdag schenkt hett?«

»Och Dieter, dat weer keen Kunst, dat weer doch Kitsch! Un överto weer dat ok man blots ut Brootdeeg ...«

»Na, also wegen di kann Unkel Ernst nich ok noch op Kunstmaler ümsadeln! He is nu mal Bäkkermeister, sien Material is eben Brootdeeg un dor kann he nu mal mehr mit maken as Swattbroot un Rundstücken!«

Nee, op sien Unkel leet Dieter nix kamen! Un wenn he ok sülm dat mit Unkel Ernst sien Kunst nich so ganz för eernst nehmen kunn, aver dat Bild to sien Geburstdag, dat harrn he un sien Christine un denn ok alle Gäst mächtig bewunnert: Dor weer en ganze Landschop op to sehn, mit 'n Dörp un 'n richdigen Karktorn, un de Sünn güng över en Kornfeld op – eenfach wunnerschöön! Un dat Ganze weer so zartbruun backt un blänker as weer dat lackeert – aver dat weer blots dat Witte vun en Ei. So harr Unkel Ernst dat verkloort un denn müssen se em dat jo woll glöben. Aver eten, nee, dat muchen se denn doch nich – weer doch ok to un to schaad west. Dat stünn op 'n lütten Disch in de Wahnstuuv, so'n beten schräge gegen de Wand un nehm sik dor ganz fein ut. Blots mit de Tiet wörr dat Bild jümmers krummer un so hatt as Steen. Un denn hebbt se dat een schönen Daags mit 'n Biel tweiklöövt, sünd an 'n See gahn un hebbt de Stükken an de Möven verdeelt. Aver se kemen sik so richtig as Kunstbanausen vör un Unkel Ernst hebbt se dor ok nix vun seggt.

So, un wo dat nu op Wiehnachten togüng, harrn se wedder en Kunstwark ut 'n Backaben kregen – vun Christine ehr allerbeste Fründin! De weer twors keen Bäcker – un Konditermeister, aver backen kunn se, dor harr se männigeen Meister noch wat vörmaken kunnt. Un to Wiehnachten, dor wies se eers recht, wat för 'n Künstlerin se weer. Mit gewöhnliche Bruunkoken, nee, dor geef se sik gor nich eers af. Ut den brunen Deeg kunn se Esel un Elefanten maken, de hilligen dree Könige, un

Kamele un Steerns un mal harr se dat sogor mit de hillige Familie versöcht. Blots de weer ehr nich glückt. Lütt Jesuskind ut Bruunkokendeeg – och nee, dat weer 'n Missgeburt worrn. To sehn kriegen dörf dat nümms! Aver wo't to'n Wegsmieten to schaad weer, hett se de ganze hillige Familie noch vör Wiehnachten opfreten. Vertellt hett se dat nümms – blots ehr best Fründin.

So, un nu harr se Christine un Dieter mit 'n Prachstück vun Esel en Freid maken wullt. Dat Deert weer jo nu nich blots so ut Kokendeeg, de geef jo man de Form. Eersmal weer dat ganz mit Schokolaad' övertrocken, mit bunten Zuckerguss weer dor 'n richtigen Sadel un Toomtüüg opmaalt, jo, lütte Bontjers un Zuckerrosetten weren an Kopp un Steert opkleevt, de Snuut weer ut witten Zuckerguß un an 'n Steert hüng en lütt rode Siedensleuf. Also dat düsse Koken-Esel en Kunstwark weer, dat müss Dieter doch insehn! Un Christine wull em an en ganz besünnere Stä' in 'n Wiehnachtsboom hangen, un denn wull se em na dat Fest ganz vörsichdig wedder inpacken – för tokamen Wiehnachten. Eenfach opeten? Nee, dat keem överhaupt nich in Fraag'!

Dor kunn Unkel Ernst nich mit – ok wenn he Bäckermeister weer. He harr de Bäckerie vun sien Öllern övernahmen, de jo Dieter sien Grootöllern weren. Un Dieter aver ok Christine kunnen sik dor good op besinnen, wenn se de beiden Olen noch vör'n poor Johren in de Wiehnachtstiet besöken dehn. Weer jümmers en lüttje Reis' west, denn de Bäckerie leeg wiedaf vun de Stadt, merrn in en groot Dörp. Jüst in düsse Tiet harrn se dat jo mächtig hild hatt in de Backstuuv, denn se backen dor jo nich blots Broot un Stuten, nee, se backen ok noch ›Tieren‹ op grootmächtige Backbleche. Egentli weer dat siet ole Tieden so Bruuk west, aver de mehrsten Bäckerien geven sik dor nich mehr mit af, dat lohn sik nich mehr. ›Tieren‹ weren Figuren ut eenfachen witten Deeg un wören ok man blots swack hellgeel backt. Blots denn weren se noch lang nich fardig. Nu keem nämlich eers de richdige Handarbeit.

Knapp dat se 'n beten afköhlt weren, kemen de Kokenfiguren in grote Schötteln nah baben. Dor seten Oma un Opa mit frische Schörten vör 'n Buuk an 'n Disch in de Wahnstuuv un harrn dat mächtig hild. Nee, üm Dieter un Christine kunnen se sik nich groot kümmern, aver de beiden muchen jo to un to giern tokieken, wo de Olen nu ut de bleken Kokenfiguren ›Tieren‹ maken dehn. All beid' harrn se en oldmodschen Fedderholler in de Hand, stippten de Stahlfedder in en lütten Putt mit rode Farv un malten dor de Figuren mit an. Un nu kunn een eers richdig wies warden, wat de egentli vörstellen schullen: Dor geef dat Hunnen mit Ogen, spitze Ohren un Steert, Schaap mit Kringelwull op 'n Rüch, Katten mit 'n lütten Bart, dat geef stolte Hahns mit 'n Kamm un Swien mit 'n Kringelsteert. Sogor Adam un Eva geef dat, un dat weer ok heel düdli to sehn, wokeen Adam un wokeen Eva weer.

Dat weer nu mal dat groote Wiehnachtsvergnögen för Oma un Opa west un Unkel Ernst much se dat nich nehmen. Överto weer dat en urole Traditschoon dor in de Gegend. In de Weken vör Wiehnachten müss de Wiehnachtsmann för de lütten Kinner jo wat in'n Schoh to leggen hebben un dat müss he sik in de Dörpsbäckerie afhalen. Al bi de Urgrootöllern weer dat Malen vun de ›Tieren‹ so begäng west, dor harrn ok de Kinner mit helpen müßt, sogor Dieter harr noch mit 'n Fedderholler in de lütte Hand mit an 'n Disch seten. Aver dat weer lang vörbi. Un för de Bäckerie weer dat al dormols mehr en Tosatzgeschäft west. Ok wenn Oma un Opa nich betahlt kregen.

Jo, un nu weren de beiden al siet Johren för jümmers in de Wohrheit un keken viellicht vun en Wulk mit Verwunnern op ehr ol Dörp rünner un wat Kinner un Enkel dor nu ut maakt harrn. Un se harrn sik dat wiss ok nich vörstellen kunnt, dat de Lütten mit so'ne ganz slichten Koken-Tieren hüüttodaags nich mehr veel anfangen kunnen. Dieter un Christine harrn dor noch en Schachtel vull vun, mit 'n rood Siedenband hüngen de ›Tieren‹ jümmers in ehrn Wiehnachtsboom. Aver wat weren de gegen dat Prachtstück vun Esel, de dor nu op'n Disch leeg! Un de schull jo nu en ganz besünnern Platz hebben.

Wo dat egentli to dat Mallöör kamen weer, dat wüss Christine nich – aver den Dag vör Wiehnachtenabend, as se den Smuck för den Boom trechtleggen wull, dor verleer de schöne Esel en Ohr. Och, wo schaad – aver de dat nich wüss, de kunn dat gor nich wies warden. Blots to 'n Wechsmieten weer dat afbraken Ohr jo to schaad. Dorüm eet Christine dat op. Hett heel good smeckt. Un denn bröök ok noch de Steert af! Dat twete Ohr seet ok nich mehr so fast un ohn Steert un Ohren seech dat Deert överhaupt nich mehr as en Esel ut! Nee, as Smuckstück för'n Wiehnachtsboom weer dat würkli nich to bruken. Christine kemen de Tranen – de schöne Esel! So veel Möh harr sik ehr Fründin maakt. Un mit Snuckern bröök se sik noch en lütt Stück af. Un denn noch 'n Stück ... Ünner de Zuckerrosetten seten noch so lütte Lakritzbontjes, un Mandeln weren dor ok noch bi. Weer jo 'n gediegen Mischung – Lakritz un Bruunkoken, Schokolaad un Zuckerguß ... aver dat weer jo Kunst west un keen Koken!

»Wat maakst du dor egentli?!« Dieter weer in de Stuuv kamen, keek verbaast op Christine, de harr em half den Rüch todreiht, aver he harr doch sehn, wo se sik de Ogen wischt harr un ok noch kauen deh. Un denn seech he den Esel – oder dat, wat dorvun noch nahbleben weer. »Kannst di ok 'n Stück nehmen«, snucker Christine, »hett jo doch keen Wert mehr …« »Smeckt good«, sä he, he harr jüst dat een Achterbeen mank de Tähn, »dat weer ik de Möven nich günnt west! Kunst, de sik eten lett, dor bün ik jümmers för to hebben!« Un dormit legg he sien Arm üm Christine ehr Schüllern: »Nu krieg man lever de Schachtel mit de ›Tieren‹ rut – Unkel Ernst ward sik freihn, wenn de in unsen Wiehnachtsboom hangt, na, un Oma un Opa viellicht ok …« Christine nicköpp, aver 'n beten snuckern müss se jümmers noch: »Un ik glööv, Möven köönt ok gor keen Bruunkoken mit Lakritzen verdregen …«

Fotos vun ehrgüstern

Annerletzt hett mi de Wiehnachtsmann per E-mail en Internet-Adress angeben, de schull ik mi man mal ankieken, dat kunn mi interessieren. Ik schull dor aver nich so lang mit töben, denn wat ik sehn schull, dat weer nich för jümmers in ’t Nett.

Na, neeschierig as ik bün, heff ik glieks mien Computer ansmeten, rin in ’t Internet un denn: www. na ja, so gaht de mehrsten Internet-Adressen jo los – blots wo dat wiedergeiht, nee, dat dörf ik hier nich verraden – is för de mehrsten ok gor nich wichdig. Aver wat ik dor nu op mien Bildscherm to sehn kreeg, dor heff ik mi doch bannig över wunnert: Vör twee Daag eers weer ik inlaadt west. En gode Fründin vun mi harr en Jubiläum to fiern – 25 Johrn in desülwige Firma un ’n runnen Geburtsdag babento – un wieldat se en groot Huus hett, harr se en Barg Lüüd to en ›Empfang‹ inlaadt. De mehrsten weren Kollegen vun ehr, de kunn ik gor nich kennen. Fotografiert worrn is dor natürlich ok – aver een vun de Gäst’ full mi ganz besünners op: De harr so ’n afsünnerlichen Apparat in de Hand, dat düt en Fotoapparat weer, dat kann ik mi twors denken, aver he höll dat Dings gor nich dicht vör ’t Oog, nee, dat leet, as keek he annerwegens hen, so richdig heff ik dat nich rutkriegen kunnt. Aver fotografieren deh he jümmerlos, dat weer denn doch kloor – blots ik heff ok nie markt, dat he in de ganze Tiet mal en niegen Film inleggen müss. Na, ik heff em liekut fraagt, wat dat denn för ’n besünnern Fotoapparat weer, ik harr dat noch nümmer sehn. Un denn verkloor he mi ganz fründli, dat weer en ›digitale‹ Kamera, un de harr ok keen Film, nee, de harr wat, dat weer sowat as en Diskette för en Computer. Dor kunn he ganz veel Fotos mit maken un kunn de denn to Huus glieks op den Bildscherm vun sienen Computer ankieken. Un wenn he welk vun de Biller in en Album kriegen oder ok verschenken wull, denn kunn he sik de op sien Drucker forts utdrucken. Un düt Dings, wo de Biller op ›speichert‹ weren, tjä, so nöömt een dat Opbewohren, de kunn he jümmers wedder bruken. Wenn he de Biller nämli ersmal in sien Computer harr, denn weren se dor op de ›Festplatte‹ opbewohrt – na, un de is jo för den Computer sowat as en grootmächtiges Schapp mit vele Schuuvladen un dor geiht jo ganz unbannig veel rin. Tjä, un överto – so vertell de Mann – kunn he Biller ok noch in ’t Internet ›stellen‹, jo, so nööm he dat, dor harr he en ›Homepage‹ un dor kunn dat denn jedereen op sien egen Computer ankieken, de sien Internet-Adress harr un sik för de Biller interessieren deh.

Na, eers kunn ik mi dor nich veel ünner vörstellen un heff nich mal na de Adress' fraagt, aver de harr ik jo nu vun 'n Wiehnachtsmann. De weet nämli all sowat. Un denn – also dat harr ik denn jo nu doch nich för möglich holen: Ik heff de Fotos warrafti funnen, de düsse Mann mit den vigelienschen Fotoapparat maakt hett; heff mi sogor sülm sehn – in mien Computer, op mien egen Bildscherm! Na sowat!

»Na, wo gefallt di dat?« hett mi de Wiehnachtsmann fraagt. Dütmal över mien ganz normales Telefon.

»Tjä«, heff ik seggt,« de dat noch nie sehn hett, för den is dat jo en Överraschung. Aver dor kann'n sik jo fix an gewöhnen. Mag jo sien, dat de Lüüd in Tokunft gor nich anners mehr fotografieren möögt. Un de ganz Jungen de ole Oort gor nich mehr kennt.«

»Muchs ok so een hebben?« fraagt de Wiehnachtsmann.

Och – ik glööv nich ... nee, nee, dat wüllt wi man lever laten. Dor ward so veel knipst – aver wo blieft se, all de Biller? Wat bedüüdt de noch, wenn 'n se eers eenmal ankeken hett? Viellicht kaamt se in en Album, in en Kasten, in en Pappschachtel – un de mehrsten blieft in de Tüten, in de een se mal vun 'n Fotohändler afhaalt hett. Kann jo sien, dat een de noch mal wedder ankiekt, later – un männigmal gor nich mehr weet, worüm een dat Foto maakt hett oder wat dat egentli sien schall.

»Nee, Wiehnachtsmann«, segg ik denn, »ik will so en Fotoapparat nich hebben. Aver dat mutt jo jedereen sülm weten, worüm he sik sowat wünscht.«

»Wat glöövst du«, fraagt he mi dor, »wannehr warden de mehrsten Biller knipst?«

»Na«, segg ik, »bi besünnere Gelegenheiten. Familienfesten, Urlaub – un wenn de Kinner noch lütt sünd!«

»Du hest Wiehnachten vergeten,« seggt de Wiehnachtsmann. Un dor hett he wat mit seggt … is jo ok wohr!! Sietdem de Minsch överhaupt fotografieren kann, hett Wiehnachten en ganz egen Bedüden. As en Foto würkli noch wat Besünners weer, dor kunn dat ok en Wiehnachtsgeschenk sien, wenn een to en richtigen Fotografen güng un sik ›afnehmen‹ leet. Dat weer en heel ümständliche Angelegenheit, duer sien Tiet un weer nich so billig to hebben. Aver wat dorbi rutkeem, dat gell meist soveel as en Kunstwark, nööm sik ›Portrait‹, keem in en smucken Rahmen un kunn as Överraschung för de Familie ünner 'n Wiehnachtsboom leggt warden. Sien Platz kreeg dat nahsten op Vadder sien Schriefdisch, op Mudder ehr Klavier, op Oma ehrn ›Phantasieschrank‹ oder ganz groot an de Wand över't Sofa. Düsse Oort Fotos legen nich jiechenswo rüm, tominnst höll een de ›in Ehren‹, as dat dunntomalen heten de. Bet de Tieden över Biller un Minschen wegrullt weren, un Kinner un Enkel se denn twors nich glieks wegsmieten muchen, aver wegpacken – in Schachteln, Kisten, op 'n Böhn – un op'tletzt vergeten dehn.

»Hest jo wedder mal recht, Wiehnachtsmann«, segg ik, »Fotoapparaten, Videokameras un allens, wat dor sünst noch to düt Rebeet hòört, dat hest du all siet vele Johren op de Wunschzeddels funnen – aver Wiehnachtsfotos, de kann'n mit anner Fotos nich verglieken, de hebbt all wat Besünners an sik. Sogor denn, wenn se unscharp oder verwackelt sünd. De vertellt nämli Geschichten. Familiengeschichten.«

»Och, wat du nich seggst,« seggt he mit so 'n ganz fienen Ünnerton, as wenn he sik över mi lustig maken will, »denn vertell doch mal.«

Na good – wenn he dat so hebben will. Is blots nich so licht to mit al de velen, velen olen Fotos trecht to kamen. Dor sammelt sik wat an, oha jo, dor sammelt sik wat an ...

☆ ☆ ☆

Endli weer ok de letzte Handwarker rut. Weer höchste Tiet! Se harrn al Bang hatt, se müssen Wiehnachten mit de ganze Familie in en Hotel tobringen. Se harrn ehr Wahnung jo al künnigt! Noch röök dat ganze Huus na Farv, röök nie un frömd; aver wenn eersmal Möbel un Teppichen dor weren, wenn Gardinen vör de Finster hüngen, och jo, un wenn de söte Ruuch vun 't Kokenbacken ut de Kööк keem un denn de Dannenboom an sien

Platz stünn, denn, jo denn kunn dat ole Huus een richdiges To-Huus warden, wo se blieben wullen, för jümmers blieben wullen, wo de Kinner ehr egen Stuven hebben kunnen un wo ok för Verwandte un leve Frünnen noch Platz weer …

Aver wo Klaas-Peter Mackenthun sik an ’n dullsten op freiht harr, dat weer de Ogenblick, as he den Schrubentrecker in de Hand nehmen un dat niege Namenschild an de Huusdöör schruben kunn. Breed un swoor leeg dat in sien Hand, dat Missing blänker as Gold. Weer keen vun düsse niemodschen, fledigen Dinger; so een harr ok gor nich an düsse ole Döör passt, dor hö̈or wat Rejelles hen, wat Duer verspreken de un ok sowat as Stolt wiesen kunn: Düt Huus höört nu mi to, mi, Klaas-Peter Mackenthun! Weer jo man en Glück, dat de Naam vun Grootmudder so kott west weer, de Löcker vun dat Schild weren jo noch dor, aver ›Mackenthun‹ weer nu mal duppelt so lang as ›Klatt‹, un so kunn dat niege Schild de olen Löcker todecken.

Klaas-Peter güng mit sien Fru nochmal dörch dat Huus, wat so lang as se denken kunnen Grootmudder ehr Huus west weer. Buugt harr Urgrootvadder dat al, glieks nah ’n ersten Weltkrieg. Grootmudder weer hier boren un opwussen, tosomen mit Bröder un Süstern. Ok ehr Mudder weer al mit ehr Geswister in düt Huus groot worden, bet se Vadder heiraden deh un en egen Huustand kreeg.

So weren se mit de Johrn so nah un nah all wegtrocken, un as ok Grootvadder för jümmers gahn weer, dor weer Grootmudder ganz alleen in dat grote Huus trüchbleben. Bet se frömde Hölp bruken müss. Aver rut ut düt Huus, nee, dat wull un wull se nich, so veel Kinner un Enkel ehr ok tosnacken dehn. Op'tletzt hett se aver doch rutmüsst, dor is se gor nich na fraagt worrn. Un de ganze grote Familie hett an ehrn Sarg stahn, weer trurig un verlichtert togliek – un müss sik denn üm de ›Realitäten‹ kümmern.

Un dor keem denn, na veel Hen un Her, na Striet un Wedder-Verdreegen, dor keem endli bi rut, dat Huus schull de öllst Enkeldochder Susanne hebben, wenn ehr Mann Klaas-Peter dat wedder op Schick bringen kunn. Un dat harr dat ole Huus ok bannig nödig hatt. För dat Geld harr Klaas-Peter sik meist en nieges Huus bugen laten kunnt. Weer man en Glück, dat he Sinn för Traditschoon harr un överto dat nödige Kapital tosomen bringen kunn.

Un nu stünn he mit Susanne in den Ruum, de mal de grote Wahnstuuv sien schull. Weer he fröher jo ok west, blots dor weer in mehr as 75 Johren nix an ännert worden. Jümmers, wenn de ganze grote Familie, Unkel un Tanten, Süstern un Bröder, Kinner un Enkel an 'n ersten Wiehnachtsdag bi Grootmudder tohoop keem, denn höör dat al siet Johr un Dag to dat Fest, aver liekers huken de verleden Tieden as Schadden in alle Ecken. Dor kunnen ok de Lichten an den groten Dannenboom nix an ännern. Nu aver weer allens hell un frisch, dörch de groten Finster keem so veel Licht, ok wenn dat man en griesen Winterdag weer. Veel harr Susanne noch nich seggt, kunn se ok woll nich. Dat weer allens so frömd – un vertruut togliek. Vun de ole Inrichtung weer nix nahbleben. Keen Stück. Un wat ehr vertruut weer, dat weren de Stuven, de Trepp na baben, de Köök, Keller un Böhn – un de Finster, dor kunn se in 'n Goorn kieken, wo to düsse Tiet nix grönen un blöhen deh … blots wo de Sandkist' stahn harr, dat kunn se noch utmaken, un dat hoge Gestell för de Schaukel, dat weer warrafti ok noch dor …

»Segg mal, wo is de Slötel för dat Wandschapp?« fraag Klaas-Peter miteens. Susanne tuck mit der Schüllern: »Weet ik nich. Ik glööv, dor is ok nie wat binnen west. Dor hüng jo jümmers dat grote Öl-Bild vör, weetst du, un dat kunn een jo nich so licht vun 'n Haken kriegen. Grootmudder doch al gor nich.« Klaas-Peter güng op de Wand twüschen de beiden groten Finster to; in de Merrn, knapp to sehn, weer en Slötellock un rundüm in de niege Tapet' en ganz finen Ritz. He kreeg sien Taschenmetz rut, klapp den lütten Schruventrecker op, steek den in dat lütt Slötellock un trock dor vörsichdig an – nee, weer gor nich afslaten un dor kunn he miteens en swore isern Klapp' mit daltrecken. Un dor achter, swatt un deep, en Tresor!

»Och, de is noch vun Urgrootvadder«, sä Susanne, »ik glööv, dor hett he Papieren un Geld opbewohrt. He harr jümmers Bang vör Füer. Hett Grootmudder mi mal vertellt. Aver later is de nie mehr bruukt worden, glööv ik. Dor hett se ok nie wat vun seggt. Tominnst kann ik mi dor nich op besinnen.«

Klaas-Peter lang aver in dat swatte Lock rin, kreeg jiechenswat to faten: »Du – dor is doch wat ...« sä he un sien Stimm wörr vör Opregung ganz heesch, »en Kasten oder sowat – tööf!« Un denn trock he langsam un vörsichdig en groten, sworen Papp-Karton rut, pack em denn mit beide Hannen un – sett em mit'n Plumps op de brede Finsterbank. Ganz sachen bören se beid' den Deckel – luder grote gele Ümslääg! Un op den een stünn: »Weihnachten 1913« un op en annern: »Weihnachten 1922« un in elkeen Ümslag weren Fotos binnen, Wiehnachtsfotos ... Wiehnachten Johr för Johr. Eers wull Klaas-Peter dat allens bisiet schuven. »Nee, laat mi doch eersmal kieken ...!« Susanne harr sik op de Finsterbank sett, »oh ... dat müssen jo mien Urgrootöllern sien ...!« Se harr en Foto ut een vun de gelen Ümslääg trocken, weer mehr en Koort ut dicke Papp un harr en ganz finen Goldrand; dor weer en junge Fru op to sehn in en swatt Kleed mit 'n witte Schört vör, hochkämmte Haar mit 'n Dutt baben op 'n Kopp, de seet in en lütten Sessel un achter ehr stünn en jungen Mann in en swatten Rock mit so lange Slippen un so'n gewaltig hogen witten Kragen … un op den Disch stünn en lütten Dannenboom, mit brennen Lichten un mit Lametta un Keden ut blänkern Kugeln utstaffeert, un dor ünner legen allerhand Saken, Schachteln un Böker, weer nich so genau uttomaken. Dat müss jo meist hunnert Johrn old sien, dat Bild! Un Urgrootvadder un sien Fru weren dor wiss noch veel jünger west, as Klaas-Peter un Susanne dat nu weren – ok wenn se so eernst kieken dehn, as müssen se för allens in düsse Welt graad stahn.

»Och, kiek blots – wat is dat denn?« Susanne harr en Foto vun en nakelt Baby op en witt Fell in de Hand. ›Weihnachten 1920‹, lees se – so harr en dormols lütte Kinner fotografiert? Wokeen kunn dat sien? Op de Rüchsiet stünn, knapp to lesen, in dünne spitze Schrift: ›Emilie – drei Monate alt!‹ Emilie – so harr doch Grootmudder heten! De ole Fru, de se as Grootmudder ehr Leevdag kennt harr, de weer so 'n lütt nüdlichen Pummel west? Un denn greep se na en grotes Foto, ganz bruun-geel, ut en annern Ümslag, dor weren dree lütte Deerns mit grote witte Sleufen in 't Haar to sehn, de möken so 'n eernst Gesicht, as kunnen se nie lachen un achter de Deerns stünnen twee Jungs in 'n Matosenantog un keken so forsch, as weren se vör Dood un Düvel nich bang … wat dat Grootmudder ehr Bröder weren? Se harr mal vun de beiden vertellt, al as ganz junge Lüüd weren se na Amerika utwannert un weren dor later ok storben. Susanne harr se nich mehr kennt, nich mal ehr Mudder kunn sik op ehr beiden Unkels besinnen. Tominnst harr se dor nie wat vun seggt. Aver de lüttste vun de Deerns, dat müss Grootmudder sien …

Jümmers mehr ole Fotos kramen se ut den Karton – dat nehm un nehm keen Enn! Jümmers wedder de Familie oder ok Frünnen un Bekannte vun Urgrootöllern un Grootöllern, meist mit den Dannenboom, mit Geschenkpaketen, aver ok vun Reisen in de Bargen, Grootmudder op Strietschöh, Urgrootvadder op Skier, denn wedder Biller vun festlich mit Dannengröön un Lichten deckte Dischen – och jo, düsse Biller müssen hier in de grote Stuuv maakt worden sien, un denn jümmers wedder Grootvadder in Uniform … »oha, pack blots weg«, sä Klaas-Peter, »wokeen will dat allens noch sehn?«

Susanne kunn sik dor noch op besinnen, dat Grootmudder jümmers vun ehrn Vadder vertellt harr, wo giern de fotografieren deh un de Biller sogor sülm entwickeln un vergröttern kunn! Allens wat för em vun Bedüden weer, dat müss he för alle Tieden fast holen, as he meen, un harr sik dor bannig veel Möh mit maakt. Dunntomalen weer dat Fotografieren noch nich so eenfach west as hüüttodaags. As lütte Deern harr Grootmudder faken noch mit Hartkloppen blangen ehrn Vadder in de ›Dunkelkamer‹ stahn un tokeken, wo he dor, bi dat swacke Licht vun en lütte düsterrode Lamp, mit Water un verschieden Buddeln un allerhand Kraamstücken un flache Schötteln togangen weer un sik denn in de een vun de Schötteln so ganz, ganz sutje dat Bild wiesen deh. För Grootmudder weer Fotografieren jümmers en Wunner west un se müss all Biller in Ehren holen. Aver sogor Urgrootvadder harr sik opt'tletzt noch so 'n niemodschen Fotoapparat anschafft, wo he noch veel lichter un veel mehr Biller mit maken kunn. Un wat sien Swiegersöhn weer, nämli Grootvadder, de harr glieks so 'n Apparat mit in'n Ehstand bröcht un dor in junge Johrn veel Tiet un Geld mit vertrödelt. Tominnst harr Grootmudder mal sowat andüüdt, as een vun de Enkel dor ok mit anfangen wull un sik so'n ganze Utrüstung to Wiehnachten wünschen deh.

Miteens schööf Klaas-Peter de Biller tosomen un stopp se, so as se em in de Finger kemen, in den Karton. »Nu is noog«, sä he, »wat schüllt wi dormit?«

Susanne harr eers afwehren wullt – aver denn leet se dat un keek blots stillswiegens to. »Ik weet nich,« sä se endlich, »för Grootmudder hebbt se veel Bedüden hatt.«

»Aver doch nich för uns!« He weer meist ungedülllig. »Dat höllt uns doch veel to lang op – dat sünd Biller vun verleden Tieden, mit de hebbt wi nix to kriegen!«

»Aver Grootmudder, de harr doch …«

«… harr se in Ehren holen, jawoll, aver jiechenseen hett se doch mal tosomenpackt un dor in dat düster Lock steken«, Klaas-Peter greep na den Deckel un versöch em op den Karton to drücken, »hett Grootmudder dor in de letzten Johrn eenmal na fraagt?«

»Harr se viellicht vergeten«, sä Susanne liesen.

»Mag jo sien«, endli harr he dat schafft un kreeg nu en Knüdel Bindfaden ut de Tasch, »hier, hol mal fast!« He versöch mit de een Hand den Karton an de Siet hochtobören un mit de anner Hand dat Enn' vun dat Band dor ünner dörch to steken.

»Wat hest du egentli vör?« fraag Susanne, »wullt du den Karton nich wedder trüch stellen?«

»Nee«, sä he, »de schall weg. Kannst dien Süster jo fragen, wat se em hebben will – aver ik glööv nich, dat se dat will. Un dien Broder, na, so as ik em kenn, de warrt sik dor ok nich mit opholen.«

»Jo aver …«, se wüss nich recht, wo se dat seggen schull, aver so richdig passen deh ehr dat allens nich, »viellicht wüllt jo mal Hanne un Ole …«

»Uns Kinner?« Klaas-Peter kreeg meist dat Lachen, »de sünd doch noch lütt! De hebbt mit ehr Tokunft noog to kriegen. Mit soveel Biller ut verleden Tieden mööt de sik nich afslepen. Un dat will ik di seggen, mien leve Fru, wi ok nich! Dat hier«, un dorbi klopp he, mit de flache Hand op den Karton, »dat hier is Grootmudder ehr Leben – aver dat is vörbi. Wi fangt hier in düt Huus ganz nie an! Buten an de Döör steiht uns Naam – wi sünd hier nich mehr bi Grootmudder to Besöök, wi un uns Kinner sünd hier to Huus, in uns Huus. Un hier wüllt wi Wiehnachten fiern, un ik will man höpen, dat wi hier noch veelmals Wiehnachten fiern köönt ...!« Klaas-Peter harr sik reinweg in Raag' snackt.

Susanne harr bi sien Red' ut't Finster in den wintergriesen Goorn keken, aver denn dreih se sik to em üm, keek em mit so'n ganz fien Smustern an: »Un wo schall de Dannenboom stahn?« fraag se mit en söten Ünnerton.

»Na, dor doch«, sä Klaas-Peter, »wo he jümmers ...« aver he bröök af un Susanne sett noch to:«... wo he al to Grootmudders Tieden jümmers stahn hett!«

Wieldess harr he den Karton mit den Bindfaden fast tosomenbunnen, pack em mit beide Hannen un sleep em rut. Susanne keek em nah, seech wo he dörch den Vörgoorn güng, höör de Goornpoort janken – na, un dor güng he ok al op 't Auto to, möök den Kufferruum op un smeet dor den Karton rin.

»Tominnst nich glieks in 'n Müllsack ...« dach se un överlegg, wat se nich viellicht doch noch dat een oder anner Foto ... oder viellicht doch lever nich ... un överto harrn se in de nächsten Daag so veel mit den groten Ümtog to dohn, wenn Wiehnachten allens trecht sien schull un Kassetten müss se ok noch besorgen; Kaas-Peter müss jo jümmers allens mit sien Video-Kamera opnehmen un den Ümtog un wo se hier intrecken dehn, un denn natürlich dat eerste Wiehnachtsfest hier, dat wull he ganz bestimmt een för alle Maal fastholen. He nööm dat ›Dokumentieren‹ – blots för all de ›Video-Dokumente‹ de sik al ansammelt harrn, dor bruken se bald en Schapp för. Se keek sik noch mal üm – de Klapp' vun den Tresor stünn jümmers noch op un dat seech meist ut, as wenn dor en grotes Muul op Foder luer.

Dat Rosenjohr

De eben vör Wiehnachten Geburtsdag hett, un – wat noch leger is – jüst an 'n 24. Dezember, de hett eenfach Pech hatt. Tominnst wat de Geburtsdagsgeschenken angeiht. Oder de Wiehnachtsgeschenken. Den richdigen Geburtsdag richdig fiern, nee, dat geiht jo nu ganz un gor nich. Jüst an 'n 23. Dezember kann 'n doch keen Gäst inladen, an 'n 24. eerst recht nich un later fiern, so Anfang Januar viellicht, dat 's ok man halben Kraam. Un de Geschenken – dor is de Minsch doch egentli mit ansmeert, ok wenn Vadder un Mudder sik viellicht to dat ›Christkind‹ ganz dull freiht hebbt un dat sotoseggen as en ganz grotes ›Wiehnachtsgeschenk‹ ankeken kunnen.

Tjä, un denn ward dat leve Kind groot un grötter, kümmt to School, ward to ›Kinnergeburtsdag‹ inlaadt, beleevt mit, wat dor denn allens opstellt warden kann – blots wenn't denn sülm Geburtsdag hett, denn is Wiehnachten. Aver wo nix an to ännern is, der mutt de Minsch sik mit affinnen. Un meist deiht he dat jo ok. Blots wenn he noch so lütt is, de Minsch, denn mach em dat suer fallen un gerecht finnt he dat ok nich.

So wasst he denn dörch de Johren un kümmt so sutje in dat Öller, wo he sienen Geburtsdag nich mehr as so wichdig ankieken deiht, un de Geschenken al gor nich. Wenn he denn överhaupt welk kriggt – aver, na ja, is de Minsch eers to Johren kamen, is dat al gor nich so eenfach, em wat to schenken wo he richdig Freid an hett oder wat he ganz nödig bruken mutt – oder wat he sik lang al wünscht hett. Denn dat Wünschen, dat ward minner, je öller een warrn deiht. Dorüm is dat jo ok gor nich so eenfach, för so een en passen Geschenk to finnen. Dor mutt'n sik al wat bi denken. Un dat Denken, dat kümmt vundaag jo so ganz sutje ut de Mood …

Antje Voss, de weer so 'n ›Christkind‹; den Dag vör Wiehnachenabend weer se boren – un dat harr se nu al siet meist 70 Johren so hennehmen müsst. Nich dat ehr dat so besünners suer worden weer, dor harr se sik an wennt un as se eers de Kinnerjohren achter sik harr, nehm se dat ok gor nich mehr so wichdig. Familie harr se nich, aver vele Frünnen; un wo se Lehrerin west weer, harr ok in de School ehr Geburtsdag keen Rull speelt, denn geef dat nämli jümmers Wiehnachtsferien. Blots dat se to ehren Geburtstag egentli nie richdig Gäst inladen kunn, dat deh ehr denn doch männigmal leed; blots wokeen hett an 'n 23. Dezember Tiet? Un mit Geschenken – na, meist kemen Korten un Brefen, tosomen mit gode Wünsch to Wiehnachten, weer denn jo een Afwaschen, ok Blomen un viellicht mal 'n Book. Good meent allens, un dat doch männigeen vun Frünnen un Bekannten un ole Kollegen jüst düssen Dag nich ganz vergeten harr, dat weer jo al veel.

Blots ehrn söbentigsten, den wull se mal so richdig fiern mit vele Gäst in en Restaurant, mit 'n ganz fein Eten un allens wat dor tohöört – an 'n 23. Dezember.

Noch weer se good to Been, dat Öller harr bi ehr noch nich so düdli an de Döör kloppt – aver dat düsse Tostand in ehr Johren mal gau to Enn' sien kunn, dat wüss se ok. Lang vörher harr Antje Voß dat al künnig maakt, Inladungen verdeelt – un warrafti, en ganze Reeg vun ehr Frünnen harr toseggt. Un de schullen, dor harr Antje üm beden, jo keen Geschenken mitbringen. Nee, wenn se ehr denn doch wat todacht harrn, denn schullen se man en Geldschien för 'n goden Zweck spenderen. Un egentli müss doch jedereen weten, dat se mit allens good un riekli utstaffeert weer un för överleidige Kraamstücken in ehr lütt Wahnung gor keen Platz harr. Natürli schreef se dat nich so – aver en beten Bang harr se doch, dat se nahsten mit so veel schöne Saken anseet, all good meent – jo, un denn nich wüss, wohen mit den Segen. Blots se harr nich bedacht, dat se dor doch welk von ehr Gäst bös' in Verlegenheit setten deh. Denn dat kann un kann en Minsch, de vun sik glöövt, he weet, wat sik höört, enfach nich fardig bringen, mit lerrige Hannen to kamen. Wo kann en Gastgeber ok sowat verlangen? Dat Nahdenken över en passen Geschenk is al swoor, aver eenfach mit nix to kamen, dat is, also dat is jo, as wenn een nix över 't Lief hett ...

Een vun ehr Gäst, en ole Kollegin vun ehr, de harr dat ok düdli utdrückt in en Breef, den se en poor Daag vörher an Antje Voß schreben harr. Se bedank sik för de Inladung un kamen wull se ok, en Breefümslag mit 'n Geldschien wörr se mitbringen, ganz so as Antje dat wünscht harr. Aver dat se nix schenken schull, dat nehm se meist as Beleidigung, jo, denn mit en Geschenk wörr een doch wat ganz Persönliches utdrücken un dat dörf 'n en Gast doch nich eenfach verwehren! Un denn bäd se Antje üm Verlööf, wat se ehr denn tominnst to Wiehnachten wat schenken dröff, dat kunn se ehr jo woll nich good afslahn. Un dat wörr se denn ok glieks mitbringen, annern Dag weer jo Wiehnachten.

Süh, dat harr se dor nu vun, Antje Voss, meist föhl se sik schüllig, dat se ehr Gäst mit ehrn Wunsch in Verlegenheit bröcht harr, sik nix to wünschen. Aver lehrt harr se ok wat: Bether harr se jümmers dacht, mit en Geschenk will een den annern en Freid maken. Aver dat en Minsch mit sien Geschenk för Gewalt en Teken vun sien egen Persönlichkeit setten will, op den Gedanken weer se ehr Leevdag noch nich kamen un wat se sik nu op dat Wiehnachtsgeschenk würkli freihn schull, dat wüss se nich so recht.

En richdig schönen Geburtsdag is dat liekers worrn. En Fest, dor hebbt sik alle Gäst woll föhlen kunnt. De mehrsten harrn sik an Antje ehrn Wunsch holen, allerhand Blomen un 'n poor Wien-Buddeln geef dat twors doch, aver dor kunn se jüst noch mit kloor kamen. Bloots en enkelte wunnerschöne Roos' in en slichte smalle Vaas' ut düsterbruun Glas, de möök ehr nahdenkern. Wokeen ehr de mitbröcht harr, dat wüss se nich; keen Zettel, keen Koort dorbi – se stünn blots dor, de Roos, lüchend root in dat düster Glas. Antje stell ehr op ehrn Schriefdisch, wo se sünst keen Blomen stahn hebben much, aver düsse Roos', de weer ganz wat Besünners. Wokeen vun ehr Gäst' kunn ehr de mitbröcht hebben? Rundüm fragen, nee, dat much se nich – harr se man beter oppasst, viellicht harr se sik dat denn marken kunnt; aver bi all den Trubel mit de velen Frünnen un olen Kollegen kunn se sik knapp noch op besinnen, wokeen ehr wat mitbröcht harr.

De schöne Roos' stünn ok över de Wiehnachtsdaag noch frisch un piel, harr sik sogor ganz utbreedt un eers an'n vorletztzen Dag vun 't Johr, jüst een Week na dat Geburtsdagsfest, dor weer't denn doch vörbi mit ehr. Antje Voss deh dat meist leed, aver dat weer nu mal so – allens hett mal en Enn 'n, dat Fest, dat Johr, dat Leben ok … in ehr Öller müss se dat jo woll al lang lehrt hebben. Aver noch an'n sülwigen Dag bimmel dat an de Wahnungsdöör un en jungen Mann bröch ehr wat, small, twee Handbreet lang un dick inwickelt. He keem vun en Blomengeschäft, sä he, un he schull dat hier blots afgeben. Denn weer he ok al wedder weg. Antje wickel dat ut – en wunnerschöne Roos' keem vördag! Aver keen Breef, keen Koort dorbi – blots en Zettel mit ehrn Namen un de Adress'. Wokeen kunn ehr de schickt hebben? En enkelte Roos'? Se kunn se wedder in de Vaas' stellen de se jo al to 'n Geburtstdag kregen harr, un wedder harr se en Bloom op'n Schriefdisch stahn. Ok wenn se dat in all de Johren vörher nie hebben much. Aver smuck seech dat ut – un Antje harr dor ehr Freid an. Wieldess weer dat niege Johr anbraken un wedder wörr ehr en Roos' bröcht, jüst een Week nahdem se de twete Roos' kregen harr. Antje Voss kunn un kunn sik nich denken, wokeen ehr sowat schicken deh – vör föfftig Johren, dor weer dat noch ehrer to verstahn west, as smucke junge Deern harr se woll Verehrer hatt, blots vun de harr se nie een so för eernst nehmen kunnt. Un dorbi weer 't denn ok bleben. Un nu, nu weer se en ole Fru. Kunn würkli een vun ehr Geburtsdagsgäst dor achter sticken – denn de erste Roos' müss ehr dor jo al een mitbröcht hebben. Blots wokeen kunn dat sien? Se güng in Gedanken nochmal de ganze List't dörch – nee, dor full ehr nümms in un ok wenn se dat den eenen oder annern viellicht harr totruen kunnt, se much dor jo nich so liekut na fragen.

Ok in de veerte Week keem en Roos', in de föffte ok – un jümmers an densülwigen Dag, an den se ehrn söbentigsten Geburtsdag fiert harr. Endli fraag se mal, ganz vörsichdig, in dat Blomengeschäft na, wokeen ehr denn jümmers de schöne Bloom schicken deh. De Adress vun dat Geschäft stünn jo op dat Inwickelpapier. Blots dor keem se ok nich wieder mit. Se harrn den Opdrag, heet dat dor, jede Week an densülwigen Dag en Roos' to schicken; de Opdrag weer betahlt – mehr kunnen se nich seggen. Un viellicht wullen se dat ok nich. Klöker kunn Antje Voss dor ok nich ut warden, un op'tletzt geef se sik tofreden, harr nu jümmers en frische Roos' op ehrn Schriefdisch stahn – un harr dor ehr Freid' an. Mit de Tiet harr se sik dor so an wennt, dat se al meist op de nächste Roos' luern de. De Blomen weren ok nich jümmers liek, mal weren se geel, mal rosa, ok mal witt, mal weren se tosomenbunnen mit en apartig Gras oder en lütten Twieg, mal keemen se ganz alleen un harrn 'n frisch gröön Blattwark oder dor keem en ganzen Kluster vun lüerlütte Rosen an en enkelten Stengel. Aver jümmers passen se in de Vaas ut düsterbruun Glas. Un stünnen jümmers op Antje Voss ehrn Schriefdisch. Dat güng so dat ganze Johr över bet dat wedder Dezember worden weer un Antje op ehrn eenunsöbentigsten tostüer.

Nee, dütmal wull un kunn se dat nich wedder so groot fiern – aver neeschierig weer se doch, wat se nu woll achter dat Radel mit de Rosen kamen kunn. Dat de wat mit ehr Geburtsdagsfest in 't verleden Johr to dohn harr, dat weer wiss, aver dat müss jo nich so wieder gahn. Wenn se dat so tosomentell, 52 Rosen weren dat betto west; harr se de all op 'n Mal kregen – wo harr se dor woll mit hen schullt in ehr lütt Wahnung? Nich mal en passen Vaas harr se hatt – 52 Rosen ...

Un denn keem de Post; Geburtsdagspost, Wiehnachtspost, Antje Voss bläder se eersmal dörch, ankieken wull se sik de ganz in 'n Roh, wenn se laat an 'n Abend gemütli in ehren Sessel seet, keen Telefon, keen Bimmeln an de Wahnungsdöör, blots 'n Glas Wien, en poor Lichten ansteken – en lütte Fierstünn', ganz för sik alleen.

Dat weer se so wennt, Antje, alle Johr harr se dat so holen, wenn 't jiechens güng, in düsse Nacht twüschen den 23. un 24. Dezember. Verlaten, nee, verlaten müss se sik nich föhlen, ok wenn se keen Familie harr. Se harr Frünnen, Frünnen, bi de se to Huus sien kunn. Würkli to Huus. Un liekers harr Antje Voss ehr egen Traditschoon wohrt – un dor hööör düsse Stünn to, düsse Stünn twüschen Geburtsdag un Wiehnachtenabend.

De Wien weer good – weer noch een vun de Buddeln, de se verleden Geburtsdag schenkt kregen harr. Ok in de Brefen weer to lesen, woveel vun ehr

Gäst noch an dat schöne Geburtsdagsfest in 't verleden Johr denken dehn. Aver wokeen ehr dat ganze Johr över jede Week en Roos' schicken leet, nee, dat kunn se nich wies warden. Meist toletzt funn se in en Breefümslag en smucken Papierbagen, baben weer en Roos' opmaalt, un in en Schrift, de ehr op jiechens en Oort vertruut weer, stünnen dor Glückwünsch to ehrn Geburtsdag un ok, se much noch vele Johrn en passen Bloom op ehrn Schriefdisch stahn hebben – in de Vaas' ut düsterbruun Glas. Dat müssen jo nich jümmers Rosen sien …

Mehr stünn dor nich un Antje Voss leet dat nu dorbi blieben. Ok wenn ehr de Schrift vertruut weer. Un morgen wörr se sik en Bloom kopen: En Christroos'.

Frömde Wiehnachten

»Och, hö̈ör doch op … Dat is doch keen Wiehnachten! De Lüüd weet jo gor nich, wat Wiehnachten överhaupt is! Dor is doch keen Stimmung bi un Besinnung al gor nich!« Se keem richdig in ’ne Brass, Tante Guste, se kunn un kunn dat nich verknusen, wenn Jochen ehr wies maken wull, dat Christen-Minschen in anner Länner ganz anners Wiehnachten fiern dehn un dat ok noch good un richdig funnen. To ’n Bispill in Italien. Jochen weer de Söhn vun ehr öllst Süster, se harr em över de Dööp holen un harr em denn meist alleen groot maakt, as sien Öllern all beid’ mit ehr Auto to Dood kamen weren, knapp dat de Jung fief Johrn old weer. Nee, he harr ehr dat Leben nich swoor maakt, he weer en goden Jung, harr Scholen un Lehrtiet meist ohn Maleschen achter sik bröcht, aver dat he sik en Bruut utgerekent ut Italien mitbringen müss, dat pass’ Tante Guste jo nu ganz un gor nich. Blots dorüm vertell he so lang un breed wo se dor Wiehnachten fiern dehn. Italien, dor wören de Touristen doch jümmers de Handtaschen klaut un denn de Mafia, för de dat keen Gesett geef un kathoolsch weern de Lüüd dor överto ok noch!

Jochen löhn in de Kökendör, grien un lang sik en poor Bruunkoken ut de Schöttel, de blangen em op ’t Kökenschapp stünn. Al as Jung harr he sien Tant’ so bannig giern bi ’t Kokenbacken tokeken, dor fullen denn ok jümmers en poor Rosinen oder en poor Mandeln för em af un dat Schönste keem toletzt, wenn he de Schöttel utlicken kunn. Un eers in de Wiehnachtstiet, wenn dat all de verschieden Plätten geef, de Pepernööt, de Zimtsteerns, och, un eers de Bruunkoken … Aver nu stünn Tant’ Guste an den groten Kökendisch un walk mit beide Hannen den Stutendeeg, dor kunn se ehrn Arger so richdig frien Loop bi laten. Harr ehr de Jung nich fröher wat seggen kunnt? Tominnst mal wat andüden, dat dor wat in ’n Busch weer!? Aver nee, kümmt hier eenfach anreist – mit ’n Bruut! Ut Italien! Gottloff harr he ehr eers in de Kreisstadt bi ehrn Unkel afsett, weer ok ’n Italiener, de Broder vun ehr Mudder, aver verheiraadt weer de mit en Dütsche. So harr Jochen dat vertellt un dat weer man een Glück, dat he de Deern nich forts mitbröcht harr – se harr sik jo beswiemen kunnt, wenn he dor mit so ’n swatthaarigen Düvel vör de Huusdöör stahn harr.

»Aver Tant’ Guste«, lach Jochen, »Angela hett keen swatte Haar! De is meist blond!«

»Woso? Hett se womöglich farvte Haar? All Italieners sünd doch swatt! Un wo schall ik mit ehr snacken?«

»Na, jüst so, as du mit mi snackst! Ehr Vadder is doch en Norddütschen, blots ehr Mudder is Italienerin, aver düütsch kann de ok!«

»Na, dat is jo gediegen – kann ik mi överhaupt nich vörstellen! Un wat schall ik Wiehnachten denn op 'n Disch setten? Spaghetti? De eten dor doch nix anners, viellicht noch Pizza. Oder wat?«

Guste kreeg den Stutendeeg op 't Backblech, deck em to un sett em to 'n Gahn bisiet.

»Och, Tant' Guste, nu wees doch nich so … du schass sehn, Angela is en ganz feine Deern, de ward di gefallen. Un Kantüffeln mag se nich blots eten, de kann se sogar kaken, wat du dat gläövst oder nich …«

»So? Kaken kann se? Na, dat schall mi mal verlangen. Wannehr kümmt se denn?«

»Ik haal se glieks vun 'n Bus af – ehr Unkel ward se jo woll to recht Tiet loslaten. Un ik bidd di, Tante Guste, versöch doch mal en beten fründlich to sien! Du meenst dat jo gor nich so …« un dormit faat Jochen sien ole Tante üm un drück ehr een op. Se schööv em weg: »Jo, dat kenn ik al …« aver so böös' hööр sik dat gor nich mehr an, »so hest dat jümmers maakt, wenn du dien Kopp dörchsetten wullt. Aver nu loop man los – Klock veer is de Kaffee trecht. Oder drinkt se womöglich keen Kaffee? Italieners hebbt dor jo ok so 'n gediegen Gesmack bi.«

»Dor maak di man keen Koppwehdaag üm«, Jochen weer al half ut de Döör, »dat löppt sik allens trecht!« Un rut weer he. Guste keek em nah, wo he mit lange Schreed de Straat lanks leep. So harr se em fröher all de Johren nahkeken, wenn he to School güng un nahsten, wenn he op Urlaub weer un nah en veel to kotte Tiet wedder weg müss … man nu weer he man blots för de Wiehnachtsdaag kamen un denn ok noch mit ’n Bruut! Un nich mal en Düütsche! Blots mit Sinneren kunn se sik nu nich lang mehr opholen. Se deck den Kaffeedisch in de Wahnstuuv mit ehr beste Dischdeek, kreeg dat gode Porzellan ut ’t Schapp un de olen sülvern Lepel, aver de Hauptsaak weer de Adventssmuck, de Lichten un dat Dannengröön, un denn ok de grote güllen Steern in ’t Finster, de een al vun wieden lüchten sehn kunn, wenn ’n op dat Huus tokeem. Sowat kunn so’n frömde Deern jo wiss nich kennen un se schull man glieks marken, wo een hiertolannen Wiehnachten fiern deh. Un ’n schönen Boom, den harr Guste ok al besorgt. De müss blots noch op ’n Foot sett warden.

☆ ☆ ☆

De Nahversch vun güntöver harr rein tofällig wat an ehr Blomenpütt op de Finsterbank to pusseln as Jochen mit sien ›Italienerin‹ op Guste ehr Huus tostüer. Un just so tofällig müss de Nahver blangenan de Scharnieren vun sien Goornpoort smeren as de beiden mit'n fründlich Gröten an em vörbigüngen. De Kassiererin vun den lütten Supermarkt an de Eck harr se ok al op Sicht kregen un de olen Damen, de in dat Café jüst güntöver vun de Bushaltestell' bi Kaffee un Koken seten, de harrn dor al op luert, dat Guste ehr Jochen sien Bruut vun 'n Bus afhalen deh, un se wullen doch glieks mal kieken, wo se woll utseech, düsse utlännische Deern. Natürlich wüssen se all Bescheed, ok wenn Guste man blots mit ehr beste Fründin över ehr Sorgen snacken much, wat Jochen sik dor woll opgabelt harr. Aver nahsten weren se sik all eenig: Also so frömd seech se jo gor nich ut! Dat harrn se sik ganz anners vörstellt – nich mal swatte Haar! Un egentli ganz nett, ok wenn de Rock 'n beten kott un de Hacken riekli hoch weren. Na ja, dat muss de Jung jo sülm weten un Guste, de müss denn jo woll noch italiensch' lehren, wenn se mit de Deern snacken wull. Un wenn se kathoolsch weer, wörr se denn Wiehnachtenabend to Kark kamen? Spannend weer de ganze Saak jo, wo weer de Jung blots to de Deern kamen? Aver dat wören se woll noch rutkriegen un so opregend, as se sik dat eers vörstellt harrn, nee, so opregend seech de ganze Saak nu ok wedder nich ut. Blots Guste ehr Nahver, de vertell abends bi'n Stammdisch in 'n Kroog, he harr wiss un warrafti höört, wo Jochen mit de Deern plattdüütsch snackt harr!!

☆ ☆ ☆

»Un an ’n soßten Januar«, vertell Guste, »denn kümmt dor de Hexe Befana!«

»Segg blots, en Hex’? Wat schall dat denn?«

»Dat hett doch mit Wiehnachten nix mehr to dohn!!«

»Na, Dreekönigsdag – hest du in Religion dormols nich oppasst oder hest dat allens wedder vergeten!?«

Dat güng hoch her bi Guste ehr ’twüschen-de-Johrn-Nahmeddagskaffee’. Twee ole Schoolfründinnen, de Nahversch vun güntöver un de vun blangenan un denn noch Jochen sien ole Klassenlehrerin leten de Flammen vun de Lichten op den Kaffeedisch gefährlich hen- un herflackern, so dull weren se an’t Diskureren. Woso ward annerwegens anners Wiehnachten fiert? An düsse Fraag harrn se sik so richdig fastbeten un leten dor meist den Kaffee bi kold warden. All wüssen se to düt Thema wat to seggen, aver richdig nahdacht harrn se dor eers över, sietdem Jochen mit de frömde Deern ankamen weer. Guste harrn se jo eers beduert, dat harr se nu würkli nich verdeent, mit so een kunn se jo noch nich mal snacken un kunn een weten, wat de för viegeliensche Manieren harr? Gottloff höör Italien jo to Europa – blots wat een männigmal över de Tostänn’ dor in de Zeitung lesen kunn, nee, so ’ne Moden weren hier gottloff nich begäng.

Aver Guste weer jo rein ut de Tüüt’ vör Glück! In

de verleden fief Daag weer ut de Frömde ut Italien ehr ›Hartensdeern Andschela‹ worrn un överto leet se op Italien un de Italieners nix mehr kamen! Un wo de dor Wiehnachten fiern dehn, dat weer twors ganz anners, as se dat hier wennt weren, aver – nee, allens wat recht is – schöön müss dat ok sien, tominnst interessant, un viellicht wörr Guste tokamen Johr dor to Wiehnachten jo henreisen. Bi Angela ehr Öllern kunn se wahnen.

»Och nee,« sä de Nahversch vun güntöver, »de kennt di doch gor nicht! Oder – is dat al sowiet?«

Guste lach: »Na, so genau kann ik dat nich weten – aver Andschela ehr Öllern hebbt en Hotel, un in 'n Winter is dor keen Bedrief, dor sünd de Lüüd meist ünner sik. Dat is dor mehr en Gegend för Vörjohr, Summer un Harvst.«

Na, nu wüssen de Damen jo Bescheed un dat Angela nich so 'n swatten Düvel weer, as se sik dat vörstellt harrn, dat weren se jo al wies worrn; se harrn dor natürlich glieks en Oog op hatt, wenn Jochen mit de Deern ut 't Huus güng un dat se sogor Wiehnachtenabend mit to Kark weer, dat wüssen se ok all. Aver dat Guste ehrn Namen nu jümmers op de italiensche Manier utspreken deh, dat schull jo woll bedüden, se harr mit dat Italienisch-Lehren al anfungen ...

»Aver kriegt de Kinner Wiehnachtenabend denn gor nix?« Jochen sien ole Lehrerin much dat gor nich glöben.

»Na ja, so 'n ganz beten bringt dat lütt Jesuskind jo mit un dat finnen de Lütten denn vör ehr Bett, wenn se annern Morgen opwaakt. Aver ik sä doch al, de richdigen Geschenken bringt de Hexe Befana, an 'n soßten Januar. Aver wenn Wiehnachtenabend dat lütt Jesuskind kümmt, also dat mutt jo to un to nüdlich sien!«

Nu harr Jochen sien Bruut jo woll al wahrschuut, wo wenig Tant' Guste insehn wull, dat Minschen ok op ganz anner Oort Wiehnachten fiern kunnen. Un so harr de Deern denn glieks an'n ersten Nameddag, as se den schön deckten Kaffeedisch bewunnert harr, ok vun to Huus vertellt, un wo dat dor in de Vörwiehnachstiet togüng. Groot worrn weer se op en lütt Insel, ganz in'n Süden vun Italien, ehr Öllern harrn dor nich blots en lütt Hotel, se bedreben överto Wienbu.

Dat harr Guste denn aver doch bannig interessant funnen, överto weren dat jo woll örnliche Lüüd, nee, würkli, sowiet weer an de Deern nix uttosetten. Aver de Damens wullen nu jo ok weten, wat se denn vun Wiehnachten vertellt harr. Dat mit de Hex' Befana, dor kunnen se sik jo nu gor nix bi denken. Un en Adventskranz mit veer Lichten un gollen Steerns in de Finster, dat kennen se dor in Italien jo woll gor nich.

Nee, sowat weer dor woll nich begäng, so seker wüss Guste dat jo nu nich, aver wat ganz Besünners, wat 'n hier gor nich kennen deh, geef dat dor doch: In de Vörwiehnachtstiet kunn een op de Straten nämli jümmers wedder vun wieden aver ok vun dichten Wiehnachtsleder hören – jo, ok dor geef dat ole Leder, de wi hier baben nich kennen dehn – un dat weren Mannslüüd, de op Dudelsäck spelten, un de hebbt jo so 'n ganz egen Klang. Se kemen ut de Bargen, ut den Appenin; weren arme Harders, de anners Schaap un Zegen höden müssen un de sik nu to Wiehnachten en poor Groschen verdenen wullen. So weer dat al siet ole Tieden west, harr Angela vertellt, un vun ehr Mudder wüss se, dat düsse ›Zampognari‹, jo, so weren se nöömt, ok ehr ganz egen Oort vun Jacken un Hööt harrn, an de een se glieks kennen deh un de Been harrn se mit Fell ümwickelt. Langschäftige Winterstebeln kunnen de sik nich leisten. Aver viellicht hören de Fellen üm de Been nu ok to ehr ›outfit‹. So harr Angela dat nöömt, se weer jo nu mal en moderne Deern …

»Aver wat is denn nu mit Wiehnachtenabend«, wull de Nahversch weten, »ward dor denn nich richdig fiert? Kann doch woll nich angahn …«

»Jo …« sä Guste en beten wat tögerig, »aver so ganz anners … to de lütten Kinner kümmt dat Jesuskind. Angela hett vertellt, so halfwussen Jungs, ehr beiden Bröder hebbt dat ok so maakt, de möken sik en lüttje Krüff trecht, packen dor en luerlütte Popp rin, dekken se fein to un güngen dor denn mit in de Nahverhüüs, wo noch lütte Kinner weren. Un de müssen de lütte Popp, de jo dat Jesuskind sien schull, de Fööt küssen – un denn eers weer Wiehnachten! Na, un denn kregen de Jungs dor natürlich ok ’n poor Groschen oder ’n beten wat Sööts …«

»Is dat allens?« fragten Guste ehr Gäst, »dat ’s jo kümmerlichen Kraam …«

»Nee doch«, Guste weer meist ’n beten beleidigt, »nu geiht dat överhaupt eers richdig los! Laat an ’n Abend geiht de ganze Geistlichkeit to Kark, in ’n langen Tog un vullen Ornat – aver överall warrt ballert un Füerwark maakt, as bi uns to Sylvester.«

»Jo, du leve Tiet, dat ’s doch de hillige Nacht! As Christenminschen mööt de doch weten, dat ’n dor nich so ’n Larm maken dörf!« Dat wull jo nu Guste ehr Fründin nich insehn, se harr al jümmers seggt, vun Wiehnachten verstaht de dor ünnen nix! Aver de anner Fründin meen, so weer dat nu mal, dor müss een sik mit affinnen, so lang een düsse Moden nich ok bi uns inführen wull.

»Aver in de Kark«, vertell Guste wieder,« dor mutt dat ok gediegen togahn: Dor sitt en grote Figur in en Eck, de schall denn de Maria vörstellen, un wenn de Prester mit all de annern Lüüd rinkümmt, denn geiht he achter den Altar, haalt dor en Popp rut – un de schall denn dat Jesuskind sien, – geiht mit de Popp op ’n Arm nochmal rund üm de Lüüd, de sik wieldess all versammelt hebbt, de küssen de lütt Popp de Fööt, un denn ward se to de

Maria henbröcht un ehr in den Schoot leggt. Un denn is endli ok för de groten Lüüd Wiehnachten.«

En beten nahdenkern grepen de Damens nu doch nah ehr Tassen un Kokengabeln, so recht vörstellen kunnen se sik dat jo nich, Füerwark an Wiehnachtenabend – nee, dat muchen se nich mal denken. Un de Saak mit dat lütt Jesuskind, na ja, dat weer jo nett, aver sowat pass hiertolannen jo ganz un gor nich her.

»Dannenboom kennt de woll nich, wat?« Guste, ehr Fründin harr jüst in en Stück Honnigkoken beten un kau dor hoch op rüm un dorüm keem dat ok ’n beten undüdli achterran:«… ik meen, wo de Vadder doch en Dütschen is.«

De weer sogor hier ut de Gegend, sä Guste, un de harr sien Dochder richdig en poor Brocken Plattdüütsch bibröcht, aver vun Dannenboom harr Angela nix seggt; se harrn aver nich blots in de Karken, nee, ok in alle Hüüs en Wiehnachtskrüff opbuugt un dor weer männigmal en ganze Stuv för utrüümt, richtige Bargen un Wischen mit Köh un Schaap, Dörper un Karken un ganz veel bunte Figuren weren denn opstellt. Engel un Buern un Harder un natürlich de hilligen dree Könige mit ehr Gefolge, Maria und Joseph, na ja, un de Stall mit all dat Veehtüch. De mehrsten Saken weren old, Familienarvstücken. Guste kreeg bi ’t Vertellen ganz blanke Ogen un dat harr jo woll Angela trecht kregen, weer doch en Düvelsdeern, düsse lütte Italienerin. Un denn stünn Guste miteens op, haal vun buten twee wunnerschöne handspanngrote Figuren ut Holt un stell se op 'n Disch: En Harder mit 'n lütt Schaap ünnern Arm un en Fru mit 'n Korf vull Eier, de harr Angela ehr mitbröcht un to Wiehnachten schenkt. De hörten ok to so en Wiehnachtskrüff.

»Na, de bewohr man good op«, smuster de Nahversch vun güntöver, »dat se man in de Familie blievt ...« wo se wiss nich de hillige Familie mit meen. Un de annern bewunnerten de beiden Figuren un dachen sik dor överto ehr Deel bi. Un op'tletzt kregen se noch to weten, dat Angela un ehr beiden Bröder, as se noch so lütt weren, ehrn Vadder an 'n Neejohrsmorgen en Wunschzettel op'n Fröhstücksdisch leggen müssen un an soßten Januar kregen se vun de gode Hexe Befana – un dat harr jo nu wat mit Epiphanias to dohn – de Geschenken. Un in de Kark nehmen se Maria dat Jesuskind wedder weg un bewohren dat wedder achter den Altar op – bet tokamen Wiehnachten. Wat dat överall so weer, dat wüss Guste nich, aver tominst in Angela ehr Heimatdörp weer dat so Bruuk. Un tokamen Johr wull se sik dat allens sülm ankieken.

De Schien vun de Lichten op den Disch fluckern över de beiden Figuren ut de frömde Wiehnachtswelt. Un meist seech dat ut, as harrn de Harder mit dat Schaap un de Fru mit den Eierkorf en ganz lies

Smustern in ehr bruun Holtgesicht as wullen se seggen: »Op ’t Wiehnachtenfiern verstaht wi uns ok – blots dat köönt Ji wedder nich verstahn …« Aver wo de beiden dat wiss op italienisch seggt harrn, hebbt Guste un ehr Gäst dat eers recht nich verstahn kunnt …